お見合い相手は無愛想な警察官僚でした

～誤解まみれの溺愛婚～

にしのムラサキ

Murasaki Nishino

Eternity

EB

エタニティ文庫

目次

お見合い相手は無愛想な警察官僚でした

～誤解まみれの溺愛婚～

プロローグ

想像してみてほしい。

終電、ほろ酔い状態で、背が高くてコワモテ、っていうかガタイがいい男の人にぶつかってしまった、という状況を。ヒールでその人の足を踏んで、あまつさえ白いシャツに口紅なんかつけてしまったって状況を。……やってしまった。

新入社員歓迎会（歓迎する側）のアルコールでフワフワになった私にできたのは、とにかく何度も頭を下げることだけで――

「……いえ」

男の人は、ほんとに無愛想にそれだけ言って目を伏せた。私はぺこぺこと頭を下げながら逃げるように家路を急いで歩き出し、そこでふと気がついた。……誰か付いてきている。

街灯はあるけれど、ほとんど真っ暗。深夜の住宅街、当然人通りもまったくない。急ぐ私と、背後からの足音。明らかにそれは男の人のもので、……しかも、私の歩くスピードに合わせて歩いている、気がする。私はあえぐように息をしながら歩く。冷や汗が出て、足がもつれそうになるのに、酔いは醒《さ》めてくれない。なんとかマンションにたどり着くけれど、エントランスに入ってホッとする間もなくその足音も自動ドアを潜《くぐ》ってくる。

（やだ……っ）

マンションの中、エントランスからエレベーターへ向かう自動ドアのオートロック解除は鍵でしないといけないのに震えて鍵が鍵穴に入らない。慌てすぎてめちゃくちゃに指先が震える。そうこうしている間に背後から鍵穴に鍵を入れたのは……私が不審者扱いしていたその人だった。──あ、れ？

「失礼」

振り向くと、コワモテでガタイが良くて無愛想な──シャツに口紅をべったり付けた、さっきの男の人。があっと開く自動ドア。

「君」

男の人は、私を見下ろしながら言った。とっても無愛想に。

「そんな風になるのなら、酒は控えたほうがいいんじゃないか」

「……えっと」

「では」

颯爽《さっそう》と自動ドアの向こうに消える、男の人。……っていうか。ふ、不審者じゃなかった……

足音が付いてきている気がしたのは当たり前だ。だって同じマンションの住人だったんだもの!?

私。ものすごく失礼なことをしてしまったのではないでしょうか——?

一人でさあっと青くなる。

須賀川美保《すかがわみほ》、もうすぐ二十七歳。私、とんでもない失態をしてしまったような気がします……

1　お見合い話

「そんなわけでものすごく、気まずくて」

「つうか、そんなに頭まわんねー状態ならタクシー使えよ危ねーな」

「それすら思いつかないくらい酔ってて」

昼休み。会社の食堂で、私は男友達——もとい、元カレの小野《おの》くんにそんな話をしていた。元カレではあるんだけど、お互い恋愛感情がなくなって、それでも仲良くて円満に別れた感じ。

「まぁそれでね、お詫びの品なんかを持って待ち伏せたい訳なんだけど」

「お前のほうが不審者になってない？」

「でも部屋番号もわからないし。せめてクリーニング代くらいは……」

「相変わらず律儀《りちぎ》な奴だな……あ、そういえば、美保」

なに？　と私は首を傾げた。

「五月五日にさ、皆でバーベキューしようって話、出てるんだけど」

「こどもの日？　……あ、その日ダメだ。お見合い」

「……は？　見合い？」

私のその言葉に、小野くんがそう呟く——少し呆然として。私は首を傾げた。

「うん。婚活しよっかなー、って思ってたらお父さんがお見合い持ってきてくれたの。お父さんの部下の部下」

「……お前の親父サンて、確か警察の偉いサンだったよな」

私は頷く。どうも偉いらしい。ときどき国会にも出ているとか、いないとか……ていうか、私だけなんだよなあ。ウチの家族……どころか、一族で「普通」なのって。揃いも揃って、超エリート。劣等感がない、といえば嘘になるけれど……

「なんかもう恋愛とかドキドキとか良くわからないし、お見合いでいいかなーって」

「……結婚が決まったわけじゃないんだよな？」

「うん、まあ。それは会ってみてからかな」

急に、小野くんは無言になる。そのまましばらく無言でお互い食べて、もういい加減食べ終わろうってときに、小野くんは「誰でもいいならオレでも良くない？」と私を見つめた。

「ん？　でも小野くんさ、付き合ってた四年のうち最後半年、キスもなかったよ」

「それは」

「それどころか手すら繋がなかったし」

「うっ」

「小野くんは普通に恋愛できる人だと思うから、恋愛結婚で幸せになってください」

「オレは」

小野くんが何か言いかけたそのとき、私は名前を呼ばれる。

「須賀川～、午後までの書類どうした？」

「ひゃあ忘れてたっ、小野くん、バーベキューお誘いありがと！」

私は慌てて立ち上がる。小野くんは「おう」と答えて、私は笑って席を立った。

その日の帰り途《みち》、私はデパートでタオルを買った。それからクリーニング代を一応封筒に入れて、マンションのエントランスでまちぶせる。エレベーター前には簡単な応接セットみたいなのが置いてあるので、そこのソファで本を読みながら待つ。……ほんとに不審者みたいだけれど、仕方ない、よね。ここの住人だろう、ってことしか知らないんだし。

時計の針はどんどん進む。通りすがる住人の皆さんは少し不審そうにしながら私の前を通り過ぎていく。

ちらり、とスマホの時計に目をやった。そういえば、昨日も飲んでた風じゃないのに終電だった。激務のヒトなのかも。……よし、終電時間まで粘ろう。そう思っているうちに、ちょっと眠気が襲ってきた。うと、うと、としてしまう。起きなきゃ起きなきゃ、と自分に言い聞かせているうちにどろりとした睡魔に私は襲われてしまって。あー、ダメだ。待ち伏せなきゃ、なのに……

「きみ」

聞き覚えのある声がして、はっと目を開けた。目の前に、昨日の人が立っている。

「何をしている」

なぜか思い切り不機嫌そうだ。コワモテでガタイのいい人に、そんな不機嫌そうに言われると余計怖いんですが……

「あ、その、これっ」

私は立ち上がり、デパートの紙袋を押し付けるように差し出す。

「クリーニング代も入ってます。昨日は、……申し訳ありませんでした。あの、お怪我とか」

「いや、それは問題ないのだが」

男の人は、少し戸惑ったように紙袋を受け取ってくれた。そんな顔は、意外に幼く感じた。

「すまない、そんなつもりでは」

「いえ、私の気が済みませんから！」

「……では」

頷いてくれて、私は少し安心する。

「……ひとついいだろうか」

「なんでしょうか？」

「こんな所で眠らないほうがいい」

「……はぁ」

「それだけだ」

男の人は踵《きびす》を返す。ぼけーっとしているとエレベーターが到着していて……「乗らないのか？」と不思議そうに聞かれた。

「の、乗ります」

机の上の文庫本を掴んで、慌ててエレベーターに乗り込む。お互い会話はない。光るボタンは「七」と「十二」で、私は七階だ。

「……その本」

男の人が、ふと口を開く。

「宮沢賢治《みやざわけんじ》、好きなのか」

「え？　ああ、これですか」

私は本を軽く示す。

「好きです」

にっこり笑って見上げると、なんだか視線をそらされた。子供っぽい、とか思われたかな。たしかに童話のイメージがあるけれど、大人が読んでも絶対に楽しい作品ばかりなのに、と私は思う。

ちん、と七階に着いて、私は会釈《えしゃく》してエレベーターから降りる。振り返ると、男の人は「俺も」と小さく言った。

「宮沢賢治は、好きだ」

意外すぎる！　剣豪小説とかばっか読んでそうな顔つきなのに。

「あの」

言いかけた言葉は、エレベーターの扉に遮《さえぎ》られた。

ちょっとだけ、――ちょっとだけ……もう少し話してみたかったな、なんて思ってしまった。

2　不審者

その日の帰り、終電……とは言わないまでも、また私は遅くなってしまっていた。今日は仕事。

コツコツ、とヒールをご機嫌に鳴らしながら、私はコンビニの袋（チー鱈《たら》入り）を片手に、冷蔵庫に入っているビール（ただし、第三の）たちを想像していた。街路樹の桜の花は散りかけだけれど、まだまだ頑張っている。街灯に照らされて、ふんわりと光るみたいで綺麗。

ふと、背後に人の気配がしたような気がして振り向く。少し離れたところに男の人……大丈夫、と私は前を向いて足を進めた。そうそう不審者なんかいない。どうせまた同じ方向に家があるだけの人だろう。本当にあの人には悪いことをしてしまった。

……なんとなく、思い出す。険《けわ》しそうで、でも柔らかな目線……

そのときだった。背後から無理やりに抱きつかれる。耳もとに、荒くて熱い息。

「こ、殺されたくなければ言うことを聞け」

なにが起きたかわからなくて、どうしていいかわからなくて、私はもがく。けれど恐怖で声が出ない。さけびたいのに、震えて力が入らない――。こ、わい！

――誰か助けて！

そう、祈るように心で叫んだときだった。

「なにをしている」

低い声とともに、私に抱きついていた男が勢いよく引き離された。そのまま、アスファルトの地面に叩きつけられる。私はへたりと座り込んだ。男を押さえ込んでいるのは、……同じマンションの、例の無愛想なひと。

「……怪我は」

ありません、と小さく小さく呟いた。ぽろり、と涙が溢れる。私は胸を押さえて嗚咽《おえつ》した。こ、怖かった。怖かった。怖かったよ……

男の人がスマホで電話をして、じきに警察が駆けつけてくれる。

「鮫川《さめかわ》署長！　お怪我はっ」

「俺は被害者ではない」

駆けつけたお巡りさんの言葉にも、男の人――鮫川さん？　の言葉にも色々びっくりした。鮫川さんは、まだ三十過ぎくらいに見える。それで署長ってことは、国家公務員一種、総合職――いわゆる官僚、つまり……キャリア？　てことは――お父さんと知り合いかも。

　ぼんやりとそんなことを考えたのは、きっと一種の現実逃避だったんだろう。あまりにも嫌で、触れられたところがおぞましい、くらいで。鮫川さんの言葉にハッとしたお巡りさんが私に近づくけれど、私は思わずびくりと身体を固めてしまう。……ちょっと、男の人、嫌だった。

　……お風呂入りたい。熱いシャワー、お気に入りのボディーソープ、ううんそんなんじゃなくていい、石鹸で洗えたら、それで。とにかく気持ち悪かった。

「……大丈夫か」

　座り込む私の前に、しゃがみこむ大きな影。鮫川さん。私はゆるゆると顔を上げる。

　鮫川さんは少し考えたあと、私にスーツのジャケットをかけてくれた。ぱっと彼を見上げる。

「ああ、嫌だっただろうか、すまない」

　夜はまだ少し冷えるから、と彼は呟いた。

「すぐに女性警官を」

「あ、あの」

　私は首を横に振った。正直、今は男の人、嫌なんだけれど——この人は、なんだか、ヤじゃない、みたい。

「だいじょぶ、です」

「……現行犯だ、無理に話を聞く必要はないだろう」

鮫川さんは立ち上がりながら、側にいたお巡りさんに言う。

「彼女は俺が自宅まで送ろう。……知人だ」

お巡りさんは頷いた。私がぼけっとそれを眺めていると、鮫川さんはもう一度私の前にしゃがみこむ。今度は片膝立ちで。

「立てるか」

「あ、はい」

答えて立ち上がろうとしたはいいものの、ふらりと傾《かし》ぐ身体。それを支えてくれたのは、誰あろう鮫川さんだった。

「あ、す、すみませ……」

「構わない。……あんな後だ」

軽くひそめられる眉。

「すまなかった」

「え？　何がですか」

むしろ、助けてもらったのに。

「あと少し早く歩いていたら、犯人があなたに触れる前に確保できた」

そんなのは結果論だ。私は首を横に振った。

「そんなことないです。助かりました。ありがとうございました」

支えられながら、不恰好だけれど、頭を下げた。

「鮫川さんがいらっしゃらなければ、私、どうなっていたか」

言いながら、またゾクリと悪寒《おかん》が走った。震えだした私に、鮫川さんは「失礼」と小さく言った、かと思うとフワリと抱き上げられる。

「え、あ、あの⁉」

「嫌ならば他の方法を考えるが」

「あ、そんなことは、ないのですが」

すたすた、と鮫川さんは私をお姫様抱っこしたままマンション方面に歩き出す。ちょっと赤面して周りを見渡すけれど、暗い夜道にパトカーが数台、お巡りさんは敬礼して見送ってくれているだけで、驚いている様子はない。

ま、まぁお仕事？　だもんね。特別なことじゃないのかもしれない、なんて思って、同時にちょっとがっかりした。ん？　……なんで私、がっかりしてるんだろう？

鮫川さんは私をマンションの部屋の前まで送ってくれた。

「ほ、本当にありがとうございました」

「もう歩けるのか」

「あ、はい、多分」

言いながら下ろしてもらう。少し震えたけれど、歩けた。部屋に入ればなんとかなるだろう。

「あの、ジャケット」

クリーニングとかしたほうがいいのか、と迷っていると何も言われずに回収された。いいのかな……。鍵を取りだして、何度もお礼を言いながら部屋に入る。ぱたりと閉まるドア。

暗い部屋。私は玄関先で、また小さく震えてしまう。

――だ、れかいたら、どうしよう……

そんな想像が止まらない。そんなはずないのに。ないはず、なのに！　背中がドアに張り付いたみたいに、私は動けなくなる。そのまま、どれくらい経っただろう。ぴんぽん、とインターフォンが鳴り響く。私はぎくりと肩を揺らした。ドアスコープから、そっと廊下を覗《のぞ》く。そこにいたのは、鮫川さんだった。まだスーツだった。すぐにドアを開けると、少し驚いたような顔をして、私を見つめた。

「顔色が悪い」

「……そうでしょうか」

「いや、大丈夫かと思って」

ああいうのは後で反動が、という鮫川さんに私は抱きつく。

不安で、仕方なかった。誰かに——鮫川さんに、縋《すが》りたかった。

「どうした？　まだフラつきが」

「違います、その、あの」

私はぐるぐるする頭で考えた。部屋に一人でいるのが、怖い。

「……あの、一晩、ウチに泊まってもらえませんか」

驚いたような鮫川さんの顔を見上げながら、私は「ああ、この人こんな顔もするんだなぁ」なんて思って、ほんの少しだけ安心できたのだった。

3　ジェットコースター

あの不審者騒ぎから、ひと月ほど経ったある日。

私は深緑の振袖《ふりそで》で、なんと言いますか、固まってしまっておりました。

五月のさわやかな空の下、かこーん、と鹿威《ししおど》しが鳴る。目の前の男の人は、なにも言わずただお茶を飲んでいた。

『まぁ、ここは若い人たちで』

なんて言葉を（古典的に使い古されてる！）残して、ウチの父親とお相手のお母様、お仲人《なこうど》さんは去っていった。都内の高級な部類に入るであろう、そのホテル。一階に入っているこれまた高級な和食レストランの個室で、私は黙って緑茶を見つめている。……あ、茶柱だ。ちょっと嬉しい。

少しにこり、と頬が緩んだのを見て、その人……鮫川修平《しゅうへい》さんはようやく口を開いた。

『何かあったのか』

いいえ、と私は微笑む。だって――まさかすぎる展開だ。私が不審者と間違った、例の人。私を不審者から助けてくれた、例の人、鮫川さんが、お見合い相手だなんて……！

結局、あのあと――不審者騒ぎのあと、本当に鮫川さんは部屋にひと晩いてくれた。ソファで眠ってくれて（まだ部屋にあった小野くんのスウェットを着てもらった）翌朝出勤していって――せめてものお礼に、朝食は振る舞ったけれど、あんまりお礼になってなかったような気もする。

まぁとにかく、そんな鮫川さんがお見合い相手、とは……。驚きです、と私は緑茶に口をつけた。美味しい。ついほっこりしてしまう。

（釣書も写真も見なかったからなぁ）

なんでって、別にそんなのどうでも良かったのだ。お父さん関係――つまり警察庁に勤めてるヒトなら、まぁ大体問題ないだろうし、ってのが一つ。で、お父さんはお相手のことを「男前だ！　イケメンだぞ！」と（なぜか自慢げに）言っていた。それは大げさだとしても、そこそこカッコいーのかな、なら当日のお楽しみにしておこう、なんて思っていたのが二つめ。

『……恋人がいるのかと思っていた。服を貸してくれたので』

『あ、ああ、あれ、元カレのです』

なぜかしどろもどろに答える。悪い事は何一つしていないはずなのですが。

『そうか』

かこーん、とまた、鹿威《ししおど》しが鳴った。

まあ、今回のお見合いはお断りされるだろうなぁ、なんて冷静に考えた。そもそもあんまり、いい印象持たれてなかっただろうから。ファーストコンタクトがヒールで踏んづけて口紅べったりな酔っ払いだなんて。絶対絶対、お断りされちゃうよなあ……

――なんて思った記憶が、青い空に舞う白いダリアのブーケとともになぜかよみがえった。

きゃあ、という歓声とともにブーケは秋の日射しを反射しながら友人の腕の中に落ちて、友人は嬉しげに手を振ってくれた。それを投げた本人である私も手を振り返す、振り返すけれどいまだに混乱している。な、なぜこんなことに……

私が着ているのは、真っ白なウエディングドレス。それは、鮫川さんが、……横で相変わらず無愛想な顔で白いタキシード（とても似合ってる）を着ている鮫川さんが『似合う』とぽつりと言ったから決定したマーメイドタイプのウエディングドレスで……ってそんなことはどうでもいいんです。

なんでお断りされなかったんだろう？

お見合いのあと、こちらからお断りするのはおこがましいなと（だってスペックが全然違う！　って気後《きおく》れしてしまった）お断りのご連絡を待っていたら、まさかの『またお会いしたい』で。気がついたら夜景の見えるレストランで指輪をもらっていた。そこまでお見合いから、たったのひと月。そして（よくわからない）出会いから半年と少し、いま、なぜか式を挙げている。

「美保」

名前を呼ばれて、はっと我にかえる。

「大丈夫か」

「あ、大丈夫です」

鮫川さんは無愛想な顔面に、少し心配そうな色を浮かべた。……まぁこのくらいの表情の変化ならわかるようになってきました。結構、優しい人みたいなんです。いまだになんで結婚にまで至ったのかは謎だけれど――

式、披露宴《ひろうえん》、とつつがなく進み、私は隣ですすめられるがままにアルコールを飲んでいる鮫川さん（ザルだなこのひと）をチラ見したりなんだりしてるうちにハッと気がついた。何かの折に、うちの父親の肩書きが読み上げられたときだった。

「須賀川警察庁長官は、新郎、鮫川修平くんの大学のOBでもあり」

最初は「うちのお父様ってそんな偉そうな肩書きしてるんだなあ」くらいのものだったのだけど。

「あ」

「どうした？」

高砂席《たかさご》で、不思議そうに私を見る鮫川さんに、とっても申し訳ない気持ちになる。

……断りません、よね。断らないっていうか、断れないでしょう。そんな偉い人の娘とのお見合い、断れないでしょう？

ど、どうしよう。対個人のスペックで考えていたけれど——私のバックにはあの父親がいたんだ。親族席でニコニコしてる（ちょっと泣いてた）父親、あの人、そんなに偉い人だったの？

私が断るべきだった、よね。思わずチラリと鮫川さんを見るけど、「あ、別にいいのか」と考え直す。だって彼は、キャリアだもの。きっと出世も狙っている。そうなれば「私」との結婚はきっと有利になるはずだ。

そっか、って納得したあと、ちょっと、ちょっとだけ……私は不思議なことにがっかりしてて、それに驚いた。

4　新婚さん

「ま、まとまらないよ～」

結婚式から三日後の深夜零時過ぎ。私は大量の段ボールの前で途方にくれていた。

引っ越しはとっても簡単なはずだった。七階から十二階に運んでもらうだけだから。

私の部屋はシングル用の1DKだけれど、十二階の修平さんの部屋は2LDKらしくて、当面は彼の部屋に住むということになった。

うん、なったはいい。……なったはいい、んだけれど。

「明日の朝には業者さん来るのになぁ」

うー、とため息を一つ。そのとき、ピンポンとインターフォンが鳴った。誰だろうこんな時間に、とインターフォンの画面を覗《のぞ》いて、少しびっくり。

「しゅ、修平さん」

三日前、結婚式を挙げたばっかりの、私の旦那さん。ぴしっとしたスーツなのは、お仕事だったから。というか、式の翌日には出張のお仕事で、式の直後には飛行機に乗っていた。超忙しい……につき、新婚旅行も随分先の予定。別にいいんだけれど。……というかスーツってことは、出張から帰ってすぐ来てくれたのかな？

「……なんか、下の名前で呼ぶの気恥ずかしいな」

ぽりぽりと頬をかきながら、ドアを開けた。

「どうしましたー？」

「手伝おうかと思って」

仏頂面《ぶっちょうづら》でそう言う修平さんの手には、コンビニの袋。

「陣中見舞いだ」

「あは、ありがとうございます」

とりあえず上がってください、と部屋に通してすぐ。修平さんはスーツのジャケットを脱ぎながら、とても難しい顔をした。ネクタイも外して、ソファの背にジャケットと一緒にかける。

「引っ越しが下手だな」

きょとんと修平さんを見上げた。ええと、上手い下手あるのかな、引っ越し。

「少し食べていろ」

コンビニの袋の中には、あったかなおでん。……と、コーヒー？　首を傾げていると、はっと気が付いたように修平さんは言う。

「……合わなかったか」

「え？」

「両方、……君が好きな食べ物だと思いだして」

つい、と修平さんは少しだけ照れたような目線。あ、わ、なんか……ずるい。ていうか、覚えててくれたんだ。

お礼を言って、ふと尋ねた。

「でも、よく覚えてましたね」

そんなこと、私自身には話した記憶もなかった。修平さんは何という事もなく、言う。

「必要な情報は忘れない」

情報。その言葉に、私は少しだけ目を伏せた。そうだ、修平さんにとって私との結婚は……出世のための、ものなんだから。

……気にしたって、しょうがない！　気を取り直してローテーブルにおでんを置いて「いただきまーす」ともぐもぐ食べているうちに、さっさと片付いていくお部屋……。

あれ？

「えー、うそ」

ぽかん、としている間に段ボールに収まっていった荷物たち。

「どうせすぐ開けるんだ、無理して整理整頓《せいとん》しなくてもいい」

「う、ごもっともで」

せっかくだから、とか思っちゃったんだよね。

「俺も食おう」

修平さんは私の横にどかりと座って、きちんと手を合わせた。

「いただきます」

「召し上がれ？」

召し上がれもなにも、これ修平さんが買ってきたやつなんだけれど。でも修平さんは特に何か言うこともなく、ぱちんと割り箸を割った。

「うまい」

「美味しいですよね、コンビニおでん」

うむ、って感じに修平さんは頷く。こういうとき、仏頂面《ぶっちょうづら》なのになんだか可愛いんだよなぁ。じっと見ていると目が合った。

「何か」

「いいえ」

くすっと笑うと、ふ、と修平さんは申し訳なさそうな顔を（よく見ないと気付かないけれど）した。私は首を傾げる。

「すまなかった」

「え？　なにがです？」

「式のあと、ひとりにして」

「いえっ、お仕事ですし」

私はほっと笑った。なあんだ、そんなこと。修平さんは頷いて、私の頬にそっと、少し遠慮がちに触れた。

「……寂しい思いをさせただろうか」

「えーと」

式のあとは疲れて爆睡したりダラダラしちゃったりして……あんまり考えてなかったかも。でも、全然大丈夫！　っていうのも、なんか。

「す、少し？」

「悪かった」

無愛想顔ながら、ほんの少し眉間に申し訳なさそうな色を浮かべて、修平さんはそう言った。

「いえ！　ほんとに、それは」

お仕事ですもんね、と微笑む。

す、と修平さんの目が細くなって——その目に何か熱いものがあることに、今更ながら気がついた。欲、的なもの。……そりゃそう、か。だよね？　だって私たち、新婚さんだ。愛情があるにしろ、ないにしろ。

ゆっくりと唇が重なる。……あ、柔らかい。案外柔らかいんですね、なんて思っているうちに、口内に舌がねじ込まれてくる。

「んっ」

思わずびくりと身体をゆらして、修平さんのシャツを掴んだ。大きな手が私の後頭部を支えて、私は口の中を食べられるみたいにキスをされる。柔らかなところを舌先で撫でられ、上顎《うわあご》を舐められて――もう一方の手が、するりと私のシャツに入り込む。あ、どうしよう、下着、揃ってなかったかも！　……ていうか、そもそも今ロンTにジャージだし色気もへったくれもないな、……なんて余計なことは、与えられた快感で、すぐに頭から消えた。

彼の手はそっと私の乳房を包んで、唇から離れた舌先は、首筋をぬるりと舐めあげる。

「ひゃ、あ、やだっ」

思わず出た声に、修平さんは顔を上げて、少しだけ口の端を上げた。

「ここが弱い？」

「や、そんなこと」

「こっちは」

ふっと耳たぶを噛まれた。それから耳の穴にねじ込まれた舌。

「は、ぁうっ」

「……感じやすいんだな」

少しのからかいを含んだ声。た、楽しそうですね⁉︎　しかも結構いい声をしてらっしゃるものだから……余計に、なんか、敏感になっちゃう。どうしよう、と思うのにほとんど無意識に太ももを動かしてしまっていた。久しぶりだから、こんなのっ……！

その声が耳のそばでするものだから、しかも結構いい声をしてらっしゃるものだか
お見合い後、お付き合いの段階では修平さん、一切私に手を出してこなかった。淡白な人なのかなと思っていたけれど……この感じ、そんな人ではなさそう。もう一度唇が重なって、舌をちゅうっと吸われた。

「んんっ」

嬌声《きょうせい》が漏れ出て、私は自分の下着がすっかりべしょべしょになってることに気がつく。ほぼちゅーしかしてないのにっ。恥ずかしくて、なんだか目頭が熱くなる。

「……美保？」

「はっ、はい⁉︎」

「嫌、だっただろうか」

いつのまにか、服から出ていっていた大きな手のひらは、そっと私の頬に触れた。そして親指で、涙を拭う。

「無理しないでいい」

「ち、ちがっ」

ていうかここでやめないで！　熱を持って疼《うず》く、身体。

「違って……恥ずかしくて」

「恥ずかしい？　なにが」

「か、かん」

「かん？」

私はほんの少し口籠《くちご》もったあと、思い切って口を開く。

「……感じすぎてるのがっ」

「感じすぎてる」

「く、繰り返さないでくださ、わあ!?」

ひょいと持ち上げられた。お姫様抱っこ！　段ボールの山のそばに、まだ置いてあったベッドにゆっくり横たえられる。

「美保」

「は、はいっ」

思わず返事をして、そのまっすぐな目と目線ががっちりと合う。

「すまない、加減できそうにない」

「加減？」

修平さんはシャツを脱ぐ。引き締まった身体。警察官だから？　涙目で見上げると、修平さんはゆるゆると私の頭を撫でた。

「君がそんな顔をするから」

……どんな顔を、してるんだろう。私。

「……少しは、自制する」

ぽつりとそう言って、修平さんはちゅ、と目尻に唇を落とす。

「今日のところは」

今日のところは？　聞き返す前にブラジャーがシャツごと上にずらされていく。

「んうっ」

我ながら色気もなにもない声が出た。すっかり勃《た》ってしまっていた乳房の先端を、くりっと弄《いじ》られる。

「やぁ……っ」

「ふ」

なんだか笑われた。

「な、んで笑っ」

「可愛いと思って」

か、可愛い!? 修平さんにそんなこと初めて言われたよ……! ドキマギしてるうちに、もう片方の手がジャージごと、すっと下の下着をずらす。

「……穿《は》いている意味がないな」

思わず赤面。うん、もうべっしょべしょでした、ほんとにもう……どうしちゃったんだろ。

するりと足から下着をぬがされる。膝裏を押され、脚を広げられた。そうして、修平さんの指がトロトロと淫《みだ》らな水でぬるつく入り口に触れる。じっくりと、入るか、入らないかのところで指が行き来する。

「……っ、あ、……あっ」

乳房を揉まれながらそんなことをされて、自分から出ていると思えない、甘い高い声が上がった。指で弄《いじ》られ、摘まれ弄《もてあそ》ばれていた乳房の先端を、口に含まれる。

「ひゃうっ」

温かな口の中、舌の先でつんつんと突かれて、吸われて、甘噛みされた。同時に、指は相変わらずもどかしく、すっかり濡れて蕩《とろ》け落ちそうな裂け目を行ったり来たり……苦しいほどの快感に、私は喘《あえ》ぐ。

「やっ、ぁ、修平、さんっ」

指で触れられているだけなのに、すでに理性は半分、どこかへ行きつつある。

「お願い……っ」

ぬるぬるのそこを触るばかりで進めてくれない修平さんに、私は懇願《こんがん》する。入れて、動かして――ぐちゅぐちゅにして……イかせて、欲しい。

「どうして欲しいんだ？」

はっきり言わないとわからない――そう言って修平さんは、肉芽を摘まむ。

「やぁっ」

「ひくひくしているな」

少し興味深げに、修平さんはそう言って薄く笑った。すっかり敏感になっていたソコを親指でぐりぐりと刺激され、あられもない声が漏れ、思わず腰が上がって……今更ながら、恥ずかしくなる。

「ふぁっ、あ、あのっ、あんっ、で、電気」

「ダメだ。見ていたい」

「へ……っ⁉　や、っ、恥ずかしいです」

「なぜ？」

修平さんはそっと頬にキスを落とす。

「こんなに綺麗なのに」

「きれ、あうっ」

骨張った指が、一本、ぐちゅりとナカに入ってくる。

「ふぁ、っ、……んっ、や、ぁっ」

求めていた以上の快楽に、身体が跳ねる。

「欲しいと言ったのは君なのに」

やっぱり少しからかう口調で修平さんは言いながらナカを探る。指を増やして、バラバラに動いてイイトコを探すようなその動きが気持ちよくて、壊れそうで、私はただ喘《あえ》ぐ。

「やッ、あっ、あっ、あんっ」

「このあたり、か」

ぐりっと動かされた指が、キモチイイところをぎゅうと刺激する。声にならない声が出て、私はきゅうきゅうと修平さんの指を締め付ける――。視界がチカチカした。星がみえる、みたいに。

あ、もう、ダメ。頭の中がスパークするみたい。だらしなく、口元から涎《よだれ》が垂れる。やだよ恥ずかしいよ。それを修平さんはちろりと舐め上げて、それくらいの刺激でもイったばかりの私はびくんと反応してしまう。

修平さんがベルトを外す音がして、私は……欲しい、って素直に思ってしまった。

本当に、どうしちゃったんだろう、私？　頭の中まで、とろっとろ、だ……。

修平さんは優しいキスを私に落として――唇を重ねたまま、私のナカに挿入《はい》ってきた。

「あ、あううっ」

十分に、ていうか、十分以上に濡らされて解《ほぐ》されていたはずなのに、みちみちと広がる感覚。お、おっきい！　いや、見てわかってたけど——押し広げられて、修平さんがゆっくりと押し進んでくる。

「は、あ、あ」

「大丈夫か、……美保」

心配げな声で、修平さんは優しく私の名前を呼ぶ。私はゆっくり頷いた。

「い」

「い？　どうした」

「いっぱい、して……」

私はどんな顔をしていたんだろう。ふしだらな女だと思われただろうか？　でも、お腹の奥がきゅんきゅんして、欲しくて、突いて欲しくて、ナカの襞《ひだ》がぐちゅぐちゅに疼《うず》く。

私、こんなに性欲強かったっけ。恥ずかしくて……でもその羞恥《しゅうち》がなぜか、余計に身体を疼《うず》かせる。体中が欲情して、この人を、修平さんを求めてとろとろになっているような、そんな感覚。

「奥まで、して、ください。いっぱい、して……」

修平さんはぐっと口をひき結んだあと、私の腰を掴んで、ただ一言、私の名前を呼んだ。

5　恋慕《れんぼ》（修平視点）

多分、痴漢事件のときには、すでに惚れていた。どこに？　と問われれば困る。けれど——

例えば、きちんと汚したシャツのクリーニングの心配をしてくれたこと。

例えば、そのときに読んでいたのが宮沢賢治の『銀河鉄道の夜』だったこと。

例えば、そのときに寝落ちしながらもただ、待っていてくれた真摯《しんし》な性格だとか。

これが恋だと気づいたのは、事件のとき、彼女の部屋で一晩を過ごして。

すうすうという規則的な寝息。それを聞いているうちに、なぜかひどく安らいで、同時によくわからない感情に襲われた。

今ならわかる。——嫉妬《しっと》、だ。明らかに男物のスウェット。……こんなときにその男には頼れないのか？　頼らないのか。

（そんな男はやめて、俺に）

喉から出かかって、やめた。それは彼女の弱みにつけこむようで、それは己を許せなくて。だから、それからすぐ——上司から連絡があり、お見合い話があると聞いたとき。

俺は即答で断った。

『なんで！』

『好きな人がいます』

『あれ今お付き合いしてる人、いないって』

『片思いです』

『あ、そー。まぁほら、写真だけでも』

須賀川さんのお嬢さん、と聞いて。これは断りづらいぞ、と思いながら写真を開いて——ぴしりと固まった。

『鮫川くん？』

『結婚を前提に進めていただきたく』

『え、うそ、変わり身早いね？』

よほどタイプだった？　と揶揄《からか》う上司に『本命でした』と俺は告げた。不思議そうな顔をされて——やがて、お見合いを経て。

お見合いのことは、緊張しすぎて記憶にない。茶柱を見て微笑む美保が可愛かった、くらいしか。不安に思いながらも、申し込んだ「お付き合い」。すぐに返事が来て、嬉しくて、しばらく機嫌が良かった。良すぎた。部下に不気味がられる程度には。ただ、須賀川長官に念を押された。強く強く。

『いいかね鮫川くん、結婚するまでは手を出してはいけないよ』

『それはどの程度でしょうか、長官』

『手を繋ぐぐらいは許可しよう』

……内心、中学生か！　と思わないでもなかった。だから急いだ、という訳でもないのだが。

プロポーズ。自分でも、口下手なのは自覚している。だから、できるだけシンプルに。余計なことは挟まずに――『結婚してください』。

美保は不思議そうに『私でいいんですか？』と首を傾げた。

『君がいい』

精一杯の、言葉。

好きです愛してます一生そばにいてください、そう言えればどれだけいいか。次に絞り出した言葉が『俺に毎朝味噌汁を作ってくれ』とは、これはもう、時代錯誤としか思えない。

が、それでも美保は頷いてくれた。

思わず部下に漏らしたことがある。

『うかうかしていたら、他の男に持っていかれるかもしれん』

『そりゃあ、まぁ、署長。ベタ惚れしてますね』

『そうだろうか』

ベタ惚れ？　――そういう揶揄《からか》われかたをしたのは、初めてだ。今までも、交際経験はある。けれど、誰とも長続きはしなくて。それに対して未練もなかった。こんなに執着するのは、初めてだ。だから、自覚はある。自分にブレーキがかかってないことくらい。何も見えてないことくらい――それくらいに、惚れてしまっていること、くらい。

初めて、美保に「そういう意味」で触れたとき――指先が震えているようで……でも、彼女は俺を受け入れてくれた。童貞でもあるまいし、とそう思うのに――心臓がうるさい。俺の少しの動きに、身体を震わせ潤《うるお》わせ蕩《とろ》ける彼女が愛しくて仕方ない。

「奥までして」

そう言って声を震わせる美保が、可愛くて、綺麗で。セックスのときは、素直なんだな、とその柔肌に触れながら思う。普段は我儘《わがまま》ひとつなくて、素の彼女を隠されているようで、寂しくて――だから、嬉しかった。

俺にしがみつきながら、ただ嬌声《きょうせい》を漏らす彼女の蕩《とろ》けた中が、ぬるぬると、きゅうきゅうと締まる。今すぐにでもナカに吐き出したい快楽をぐっと抑えて、何度も腰を打ち付けた。

彼女が欲しいと言ったから。甘えた声で、欲しいと喘《あえ》ぐから。

「や、ぁっ、イくの、イっちゃうの、修平さんっ、あんっ、イク、やだ、はぁ、あぁっ、

「んんんっ」

とろとろの肉襞《にくひだ》がきつく吸い付くように、俺を締め付けて――彼女が達したのを確認して、己を引き抜いて、その薄い腹に吐精《とせい》した。

荒い息。俺に組み敷かれた美保は、はうはうと可愛らしい呼吸を繰り返す。その姿が、堪らなく胸を締め付ける。

「愛してる」

囁《ささや》くように口から出た言葉が、聞こえていたのか、いないのか――美保はとろりとした目で、俺を見て、笑って……そのままゆっくりと、眠りに落ちていく。

そうして、俺ははっきりと確信する。俺はもう、この人から離れられない。この人なしでは、生きていけない。生きていく理由がない。

彼女を抱きしめて眠る。すうすうという寝息は、やはり、心地良くて。

（人間、恋すると馬鹿になるものなのだな――）

そんな自分がおかしくて、ほんの少し、笑った。

6　よだか

翌日――引っ越しの片付けはなかなか終わらなかった。その日遅くに、晩ご飯をデリバリーで済ませた頃、なんだか部屋がようやく片付いた感じになり、一息つく。

「修平さんごめんなさい、明日も早いのに」

キッチンを借りて……じゃないな、今日から私のでもあるキッチンで、グラスにビールを注いで（本物だ、奮発です）そんな話をする。修平さんは首を傾げた。

「俺は問題ないが……美保は？」

疲れているだろう、と頬を撫でる大きな手。この人、こういうの好きなのかな。

「いえ、なんでしょう。テンションが高いせいなのか、割と元気です」

大きな背を見上げながら答える。引っ越しとかの非日常って、なんかテンション上がるよね。……まぁ、このところ非日常の連続だったわけなんだけれど。

「そうか」

修平さんの手は、気がついたら耳を撫でていた。こりこりと軟骨《なんこつ》を指で挟んだり、耳たぶを摘まんでみたり。

目が合う。なんだか胸がきゅうんとした。

「……座ろうか」

修平さんが、ビールグラスをふたつ持って歩き出す。広い背中。

「はい」

返事をしながらついていく。リビングのガラスのローテーブルの前、黒いソファに修平さんは座って、ローテーブルにグラスを置いた。私はちょこんとその横に座る。……なんか緊張しますね？

「このグラス」

修平さんはビールをひとくち。私もひとくち。うん、美味しい。さすが、本物。

「新品、だったたな」

「はぁ」

私は相変わらず気の抜けた返事しかできない。

「使うかなーと。こないだ買いました」

あまり食器がない、みたいな話を聞いていて。気分だけでも新婚さんらしく、色違い。うすはりグラス、っていうのかな。シンプルなデザインだから、外れはないかなと思ったのだけれど。

「趣味ではなかったですか？」

そういうの、こだわりあるのかなと聞いてみる。勝手に買っちゃ不味《まず》かったかかな。

「……いや、とても、……良いと思う」

顔こそ無愛想だけれど、声は穏やかだったから安心した。

「美保」

ことり、と修平さんはローテーブルにグラスを置いた。

「はい？」

返事をするやいなや、修平さんは私を軽々抱き上げて、その膝に乗せる。グラスの中で、金色の波が揺れた。

「……!?」

ん？　私を乗せるの？　なんで？　当の修平さんは涼しい顔で、テレビなんかつけている。BSの国際ニュース……。あれ、観る人いるのかなと思ってたらここにいた。

「好きにしてていい」

好きにしてていい、と言われましても。ぎゅうと抱きしめられて、あんまり身動き取れないですし、うーん。……分厚い胸板。聞こえる心音は、少しはやい？

……きのう、この人とエッチしたんだよなぁ。なんか、妙な感じ。

あったかくて滑らかな肌の感触とか。筋肉の硬くて柔らかい感じ、とか。最中、目が合ったときの熱い目線とか、そういうのがありありと思い浮かぶ。気持ち良すぎて最後のほう、ほとんど記憶がないや……って、やばい！　ひとりでヤらしくなるとこ、でした。

ちら、と見上げる。修平さんの視線はテレビ。BSニュースは、ニュージャージー州だかなんだかの事件の話をしている。どの辺なんでしょう。アメリカだってことはわかる。私はローテーブルの隅っこに置いてあった、文庫本を手に取った。さっき、本棚で見つけた宮沢賢治の短編集。少し古い。何回も読んでるのかな、って感じの草臥《くたび》れ具合。読んだことがない話も入っているやつなので、借りて読もうと持ってきていたのだ。ほんとに読むんだなあ、宮沢賢治。意外です。まぁ、イメージ通りの剣豪歴史小説とかもあったから、私の第一印象もあながち外れではなかった、のかな？

最初のお話は『よだかの星』。集中して読んで、読み終わった頃に（って短編だからすぐなんだけれど）本を持つ私の手に、修平さんが触れてきた。きゅうと握られる。

「ん？」

見上げると、目が合った。ニュージャージー州とやらのニュースは終わったのかな、とぼうっと考えていると、そっとキスをされた。柔らかな唇。触れるだけの、優しい、柔らかな、そんなキス。昨日みたいな、ヤらしくて熱いキスではなくて。なんだか、なんでしょね？　安心するような、そんなキス。離れていく温かさ。修平さんは目をほんの少し、細めた。

「好きなのか、よだかの星」

「え？　あ、はい」

「かなり集中して読んでいたから」

久しぶりだから、なんだか夢中になって読んでしまっていた。

「好きっていうか、……なんか、重ねてしまうところがあって」

修平さんを見上げる。……この人には、あんまりない感情かもなあ。

「ほら、よだかって、他の鳥皆に虐《いじ》められてるじゃないですか」

「……ああ」

「兄弟は、皆綺麗で」

『よだかは、実にみにくい鳥です』

そんな言葉で始まるこの物語。よだかは、他の鳥から疎《うと》まれ、嫌われて暮らしていた。

兄弟は「美しいかわせみ」や、「鳥の中の宝石のような蜂すずめ」なのに。

「なーんか、重なるというか？」

「重なる？」

私はほんの少し、笑う。

「ほら、私。家族というか、一族の中でたったひとりの『平凡な人』なんです」

「平凡？」

ものすごく訝《いぶか》しげな声で聞き返された。そこ引っかかるところかな？

「お父さんは言わずもがな。母もあれで茶道の家元なんかしてますし、お兄ちゃんは総務省にいて、お姉ちゃんは検事さん」

ちなみに祖父母叔父叔母みーんな「すごい」人、だったりする。みそっかす、なのは私だけ。しかも驚くべきことに、彼ら彼女らは顔面も整ってらっしゃるのです。同じ遺伝子のはずなのになぁ。少しバランスや配置が変わるだけで、こうも平凡な顔立ちになりますか⁉　っていうくらいに、私はとても普通。とてもとても、普通。

「……普通であることは、嫌いではないんです」

家族は優しい。というか、親戚全体で（甥っ子姪っ子が生まれる前は）一番年下、末っ子の私を可愛がってくれている。いまも。

「友達もできました。仕事も希望の職につけました。なのに」

どうしても比べてしまう。きらきらしい宝石と、嫌になるくらいに平凡な私とを。

「俺は」

修平さんはとても難しい顔をしてる。難しいっていうか、不思議そうな顔を。

「君を、平凡だと思ったことはないのだが」

心底不可解です、って顔をしてる修平さんに、私は言う。

「け、けど！　お姉ちゃん、美人でしょ？」

そんなことを聞いちゃうのは、なんでだろ。……もうお姉ちゃんは結婚してるから仕方ないけど、もし独身だったらお姉ちゃんと結婚したかったんじゃないかな？　長官の娘、っていう同じ条件なら、美人で頭が良いほうを選びたいに決まってる。

「……そうだったか？　美保に似てるから、うん、綺麗な人なんだろう」

「えっと、そんなに似てないと思うのですが」

パーツは似ているとは言われる。配置ですよ問題は配置。

「目が似てるなとは、思った。顔合わせと、結婚式でお会いしたな」

「え？　はい」

「……顔合わせか。懐かしいな」

「三ヶ月前ですが」

割と最近なんじゃないかなあ。

「あのとき美保は、葡萄色《えびいろ》の振袖《ふりそで》だった」

「あ、はい」

「見合いのときの振袖《ふりそで》も似合っていたが、うん、あんな色も似合うのだなぁと感心した」

なんか話がずれてる？

「そうでしたか？　なんか、あんまり似合ってなかったような」

私には少し、上品すぎる色使いだったような気もしていた。

「そんなことはない。ほら」

修平さんが見せてきたのはスマホの画面。ていうかロック画面。え、壁紙にしてます？

私の振袖《ふりそで》？　……というか、二人の写真。なんだか変な顔で笑っている葡萄色《えびいろ》の振袖《ふりそで》な私と、仏頂面《ぶっちょうづら》でかっちりスーツな修平さんと。

「……初めて二人で撮った写真ですね？」

修平さんはなぜか視線をそらして頷いた。

「ていうか、写真あんまないですよね」

二人で撮ったのなんて、このときと、つい最近の結婚式くらいじゃないかな。

「……その」

その声に、修平さんを見上げる。

「これからは、たくさん、撮ろう」

「え？　はい」

「うん」

なんだか満足気に、でも生真面目に修平さんは頷いて私を抱きしめる。きゅう、と——

私はもがいてその腕から逃れた。

「美保？」

「撮りましょうか、修平さん」

私は自分のスマホをかざす。インカメラを起動して。

「記念日ですから」

「記念日？」

「同居記念日？」

私が笑うと、修平さんはやっぱり生真面目に無愛想に、インカメラを見つめて頷いてくれた。

「じゃー、ハイチーズでいきますよ」

せえの、そう言って私はぱしゃりと画面をタップする。

同居記念日の二人の写真は、笑顔の私と無愛想な修平さん。でも、彼のその唇がほんの少し緩んでいることに私は気付いていて、それがなんだかとても嬉しかったり、した。

スマホの写真を眺める。今までの彼女さんとかとは、こういうのあんまりなかったのかな……なんて、考えて。──違和感。ううん、違和感、っていうか。これは。このもやもやした感情は。

……やきもち？

自分に、びっくり。修平さんのこと、いい人だとは思っていたけれど、でも、ごりごりの恋愛感情みたいなのは、なかった……よ、ね？　そもそも「恋愛はもういいや」っていうところが、どうしてもあって……

くぃー、とビールを飲み干す。ちょっと酔ってるから、かな？　そうだそうだ、うん。このドキドキとかも、お酒のせいだよー。

一気にあおってしまったせいか、疲れのせいか、じんわりと酔いが回っていく。

「美保。俺の前だからいいが」

「ひゃい」

「あまり飲みすぎるなよ」

そういえば、初めて会ったときもお酒がめちゃくちゃ入ってたんだった……

「よ、酔ってません」

「ほう」

修平さんは、私の熱い頬に触れる。鋭い目つき、が少し緩んだような。大きな手が、ヒンヤリしてて気持ちいい。思わず擦り寄る。

「……本当に」

優しい瞳でそう言われて……思う。……この人のこと、なーんにも知らないなぁ。結婚できればいいやって、なんとなくお見合いして、なぜかとんとん拍子でここまできて。

さっきのもやもやが、頭にいっぱいになっていく……

「お、お手洗い。行ってきます」

修平さんの膝から立ち上がって、リビングを出て——トイレの前、玄関前の廊下で立ち尽くす。

頭が、ぐらぐらした。

修平さんは……優しい、人だと思う。「よだか」と自分を重ねてる、なんて詮《せん》ない話を、一生懸命に耳を傾けて聞いてくれた。

「……『これからは、たくさん撮ろう』か」

そう言ってくれた、あの優しい瞳を思い出す。

（あんなふうに、ほかの人にも接していたのかな）

想像が止まらない。だってあんなにかっこいい人、今までだって大事にしてきた女性が何人もいたって、おかしくない。だから、あれは……私にだけ、特別に向けられた表情でも、声でもないんだ。

それどころか──その人たちは「修平さんの意志」で大事にされていたけれど……私が大事にされているのは、単に私が「長官の娘」、だからであって……

心臓が冷たく、変な鼓動を刻んだ。そんなの嫌だ、ってはっきりと自覚する。私は、私の感情がよくわからない。なんでこんなに、辛いの……？

私は「よだか」なのに。ちゃんと身の程を、知ってるはずなのに──

ああ、ダメだ。少し、酔いを醒ましたほうがいいかも。

外の廊下に出よう、とサンダルを履いてドアノブに手をかけたところで、名前を呼ばれた。

「美保？　どこに」

心配して追ってきてくれたのだろう──修平さんが、ぎょっとしたのがわかった。私、泣いてたから。ああもう、なんで？　自分で自分がわからない。

「どうした」

慌てて駆け寄ってきてくれる。

ホロホロと溢れる涙。……なんで私、泣いてるの？　酔ってるから？　泣き上戸だっけ、私？　そんなはず、ないんだけれど。

「どこか痛いのか」

その言い方に、ふっと笑ってしまう。そんな、子供扱いみたいな。私を覗《のぞ》き込む顔が、明らかに焦燥《しょうそう》を浮かべていて、私はなんだか満たされてしまう。こんな顔するんだ？

私が酔って、少し泣いちゃったくらいで。私にもあったんだ、こんな感情……

……うん、さすがに認めよう。私、どうやら、この人のこと好きになってしまったみたい。

……違う、かな。好きだったのかな。気がついてなかっただけで。――だから、結婚したのかな。私。

「美保」

優しく、大切に発音するみたいに、修平さんが私を呼ぶ。誤解しちゃいそうな、その声。私はあなたの、出世の道具でしかないはずなのにね。

「どうした」

「少し、酔ってるみたいです」

きゅう、と修平さんに抱きつく。びくりと修平さんの身体が揺れた。

悲しいような、面白いような。抱きついたくらいで……そんなに驚かなくたって。エッチまでしたのに。——結婚までしたのに。それとも、抱いたのは気まぐれ？　エッチできれば誰でもよかった？

そんなこと、ないか。生真面目そうな人だもん。結婚したからには、私としかしない、んだろう。

性欲発散目的、でもいいや。私は修平さんの耳を優しく、甘く、噛んだ。

「っ、美保」

「ねぇ」

腕を首に回して、その整ったかんばせを覗《のぞ》き込む。

「やぁらしい、気分なんです……私」

玄関なんかでだらしなく発情してる私——と、それに当てられたっぽい修平さんは、そう広くはない玄関でじっと見つめあう。そうっと、あったかな首に吸い付いて、舌を這《は》わせた。

……あ、おっきくなってる。

抱きついた身体に、服越しに主張してくる、それ。

「美保」

少しだけの焦燥《しょうそう》を含んだ声が、耳朶《じだ》を震わせる。こんな声は、初めて、聞いた。うしろ向きに抱きしめられて、熱い、大きな手が服にするりと入ってくる。はう、と息を吐く。

「熱い」

耳元でそう囁《ささや》かれて、背中がびくりとする。服の中でお腹と腰にやわやわと触れていた手が、そっと上がり、私の胸のふくらみに触れる。ひゅっと息を呑むけれど、それに構うことなく、ブラジャー越しにやわやわと触れられ続けた。

もっと、って――そう思って、ほとんど無意識に腰が動く。恥ずかしい、でも、もっと。

「ちゃ、んと触って？」

軽く振り向いたその口に、噛み付くようなキスをされた。蹂躙《じゅうりん》される口腔《こうこう》、淫《みだ》らにつう、と口の端から垂れる唾液《だえき》。やがて唇を離した修平さんは、そっと私の耳元で囁《ささや》く。

「どこを？」

「……っ」

その間にも、修平さんはブラ越しにゆっくりと胸を刺激するだけ。触れて欲しい先端は、ぴんと勃《た》って痛いくらいだった。

「……ち」

「ち？」

い、言えないよ！

「くび……？」

ふ、と笑う声。

「今日はそれでいい」

「きょ、う？　ぁ、はぁう、っ」

ブラに入り込む手と、掴まれる先端。その快楽に、お腹の奥までが疼《うず》く。思わず上がる声に、修平さんは嗜《たしな》めるように、でも楽しんでいる声色で言う。

「そんな声を上げて。外に聞こえるぞ？」

私はハッとする。ここ、玄関先……！

「や、やだあっ」

「……聞かせるのはもったいないな」

そう言って、胸から離した手で私の頭を持って横を向かせ、少し乱暴に口を塞《ふさ》ぐ。私の腰を固定していたその手が、スカートをたくし上げて、そのまま下着のクロッチ部分を横にずらす。すっかり濡れてるソコが空気に触れて、冷たくて。それがなんだか――はしたないほど、気持ち良かった。

「んうっ」

声を上げたいけれど、塞《ふさ》がれて、舌で柔らかな頬の内側、粘膜を舐めあげられていて、頭がくらくらする。その蕩《とろ》けはじめたソコに、ずぶりと無骨な指が、ゆっくりと入っていく。

「んっんっんっ」

深くなるほどに、上がる声。けれど、唇は離してもらえない。こくりと喉を動かす。私のものか、修平さんのものか――入り混じった唾液《だえき》が喉を伝った。指が増やされて、私の「いいところ」を的確に刺激してくる。

「ん、んあ、っ、んんんっ」

同時に親指で敏感な芽をぐりぐりと押されて、あっけなく、本当にあっけなく私は達してしまう。

やっと離れた唇から、私は何度も荒い呼吸を繰り返す。くたりとした私を支えながら、修平さんは私の耳たぶを噛んだ。

「ひとりで気持ち良くなって」

「……ごめん、なさ」

「謝ることじゃない。俺が」

そうしたんだ――耳元で、そう告げる低い声に、イったばかりの私の子宮が疼《うず》く。欲しいって。欲しくて仕方ない、って。

「美保」

そう名前を呼んで、そして優しいキスをおでこに落とされた。

「キツかったら言え」

そう言って、私を玄関のドアに押し付ける。カチャカチャ、というベルトを外す音。

ごくりと唾を呑む。チョーダイと、ナカが期待でうねうねと蕩《とろ》ける。腰を持ち上げられて、入り口にそれを添えられた。硬くて、熱くて、大きな、それ。

──なのに。それは入り口をヌルヌルと刺激するだけで、入ってきてくれない。

「しゅ、へー、さん？」

顔だけ傾けて、その顔を見る。真剣なその顔は、じっと私を見て、それから「今日は」と口を開いた。

「加減しない」

「ひゃ、やああんっ」

一気に貫かれる。奥にぎゅうっと当たる、欲しかったモノ。

「あっ……んんっ」

自分のナカがうねって、そしてきゅうきゅうと締まるのがわかった。欲しかった、すごく欲しかった。涙がほろり、とこぼれた。

「美保」

心配そうな声。

「ちが、あのっ、あんっ、きもち、よくてっ」

ゆっくりとした抽送《ちゅうそう》を繰り返す修平さんに、私はなんとかそう言う。

「気持ち良くて？」

「そ、おっ、気持ち、良くて……泣いてるの、っ、ひゃあんっ」

ぱしん、と強く打ち付けられる腰。

「あまり煽《あお》るな」

「あ、煽《あお》って、なんかぁっ、やっ、はぁっ、やっ、ふぁ、っ、あっ」

激しめに抽送《ちゅうそう》されはじめた快楽に、私は壊れたみたいに上擦った声を上げ続ける。その口を、修平さんは大きな手で塞《ふさ》いだ。

「もったいない」

「ん、んふうっ、なに、が……?」

手の隙間から、そう問い返す。

「美保の声が廊下に漏れるのが」

「あっ、あっ、ヤダっ」

そうだった、ここ、玄関で。廊下にそんな声響かせてたら、恥ずかしくてもう歩けないよ！

「……いや、聞かせるのも良いのかもしれないな」

そう言って、修平さんは挿入の角度をぐいっと変えた。

「っ!?っ、あ、……！」

目の前で白い星がちかちかする。頭の中で、脳みそが溶けちゃったみたいにぐらぐらして、魚みたいに口をパクパクすることしかできない。

「美保」

優しい声で、修平さんは私の頭を撫でた。

「ココが、悦《い》いのか」

「っ、く、ふはっ、はっ、あっ」

エッチなんて、初めてなんかじゃない。修平さんとも二回目だし、小野くんと付き合ってた時点でそもそも別に処女じゃなかったし。多いわけじゃないけれど、人並みに経験している、つもりだった。なのに、なにこれ、なにこれ、私、知らないよこんなの！

ぽろりと涙がこぼれた。

修平さんがソコに抽送《ちゅうそう》し始める。すっごい、奥に当たってて……！　私は喘《あえ》ぎながら、イヤイヤと首を振った。

「や、あんっ、ダメ、そこ、やあっ、壊れちゃ、ああっ」

ソコに当たるたびに、目の前で星がスパークする。修平さんが腰を動かすたびに、イヤらしい水音が、そのぐじゅぐじゅという、自分から出ていると信じられないその音が玄関にこだました。

「ああっ、あっ、あっ、あっ」

私はほとんど泣いていた、と思う。修平さんに突かれるたびに、脳が溶けていく。肉《にく》襞《ひだ》が蕩《とろ》けて、蕩《とろ》けながらきゅうきゅう締まって、修平さんが激しくなって、玄関のドアが軋《きし》む。

「や、やあっ、修平さんっ、ヤダっ、エッチしてるって、あんっ、バレちゃうよおっ」

これ、廊下に誰かいたら流石《さすが》にわかるんじゃないかな。絶対声、漏れてるよ！　ドアも変な音してる……！

「わからせるのもいい」

「や、ぁんっ、なに言って、ッ」

私はドアに上半身を預けたまま、顔をなんとか修平さんに向ける。

「おね、が……ベッド、いこ」

「美保が」

修平さんの目は、ぎらぎらしていた。思わず息を吞んで、そして私のナカがきゅうんと締まる。

「美保が、イったら」

「ひゃあん⁉」

ぱしん！　と更に激しく打ち付けられた腰。私の片腕を修平さんは掴んで、引き寄せるように強くスイングしてくる。

「ひゃ、あ、アッ、やぁっ」

目を閉じたいのに、閉じられない。ぱっちりと見開いたまま、私は涙を流して――そして修平さんのが「ソコ」に強く当たったと同時に、頭の中がどろりと溶けた。

「あっ、あっ、あっ、あぁぁぁ……ッ」

ナカが自分でも引くくらいに締まって、身体ががくがく震える。信じられないくらいに「イって」るのが、わかった。

「あ、あ、あ」

もう言葉にならない。びくびくと痙攣《けいれん》しながら、私は自分から何かがとろりと溢れて、それが脚をつたい、床を汚したのを知覚した。

なに、これ……？　どろりとした思考で考える。何が出ちゃったの？　ふわふわ考えていると、うしろからぎゅうっと修平さんに抱きしめられる。

「上手にイけたな」

「……は、ぁっ」

耳に当たったその息さえ気持ちいい。私、どうなっちゃってるんだろう……。赤くなってびくりと反応する私から、修平さんは自身を引き抜く。

「あ」

栓を失って、私のナカに満ちていた何かがごぽりとまた、溢れる。こんなに濡れちゃうだなんて、こんなになっちゃうだなんて。私は寂しくて修平さんを仰ぎ見る。

「や、だ……抜かないで」

もっとして、欲しいのに。

修平さんは私のこめかみにキスしたあと、すうっと私を横抱きに持ち上げた。

「布団に行こう」

お姫様だっこで、ベッドに運ばれる。ぽすりと優しく横たえられて、私は恐る恐る修平さんを見た。修平さんは「邪魔」って感じで自分の着ていた残りの服をさっさと脱ぎ捨てて、私のも脱がしてしまう。

「ひゃ、う」

「寒いか？」

私は首を振る。全然寒くない。むしろ――暑い。

視線は気がつけば、修平さんの屹立《きつりつ》してるソレを見てしまっていた。いつの間にか買っていたらしい、ベッドサイドの棚から出されたコンドームを修平さんが付けようとしてる、それ。

「どうした？」

「や、その」

私は照れ臭くて笑う。

「そんな大っきいの、入ってたんだなあって」

修平さんはほんの少し、口の端を上げた。

「入ってた？」

ぐい、と膝裏を押され太ももをあげられる。その内側にキスをひとつ。そのあと、蕩《とろ》け切ったソコに、また入ってくる熱くて硬い、ソレ。

「また入るんだ」

「……っ、あ、ああんっ」

それだけで、私は簡単に達してしまう。……本当に、私の身体どうなっちゃってるんだろう⁉

激しく、強く、修平さんはイっている私をそれでも突く。

「や、あっ、修平、さんっ、ダメ、イってる、イってるのぉっ、イってるから、やめ、あ、ヤダ、はぁ、お願、っ、壊れちゃう、……っ」

イっているところを滅茶苦茶に突かれて、私は訳がわからなくなってしまう。イヤイヤと子供みたいに首を振って、涙が流れて、シーツを握りしめて、自分のナカがぐちゃぐちゃになっているのをただ、されるがままに。

「美保」

ひどいことを、激しいことをしているのに、声だけはすごく優しかった。目線を向けると、きゅっと眉根を寄せて、そんな目で修平さんは私を見る。まるで、切ない、みたいな……そんな目で。

勘違い、しそうになる。そんな目で見られると。そんな風に、名前を呼ばれると。

大きな身体で、修平さんは私を抱きしめた。武骨《ぶこつ》な手が、腰と後頭部にまわる。

「あっ、あっ、あ」

ぎゅうぎゅう抱きしめられて。その身体に押しつぶされるみたいに突かれていると、苦しくて、狂おしくて、気持ちいい。

(死んじゃってもいいや……)

頭がクラクラして、そんなことまで思ってしまう。こんなに気持ちいいなら、死んでもいい。

「美保、口、開けて」

もう何も考えられず、言われるがままに口を開けた。そこに捻《ね》じ込まれる舌、歯列をなぞって歯茎を舐めあげて、私の舌に絡みつく。

「んう、ふ、は」

「美保」

口から離したその私の唾液《だえき》でぬらぬらした唇で、修平さんは少し苦しそうに言う。

「イ、くぞ」

「……っ、あ、はい……っ」

修平さんは上半身を起こして、私の腰を掴み直す。角度が変わって、それだけで軽くイってしまう私を、修平さんは少し満足そうに見ていた。やがて抽送《ちゅうそう》は激しさを増す。

私は身体を揺さぶられながら、ただ甲高い声で、甘い声で、啼《な》くしかない。

「ああっ、はぁあんっ、アッァアッあ、ッ、アッ」

だらしなく、声を上げるしか――やがて、私のナカもきゅうっと締まって、それと同時に修平さんが強く強く腰を打ち付けて、私を抱きしめた。薄い被膜越しでもわかる。……たくさん、出てる。

「……ッ」

修平さんの、快楽に耐えるような、そんな声。その声があまりに愛おしすぎて、ひどく胸が痛んだ。

感じてくれてる？　気持ちいい？　私のナカ、好き？　……そんなフシダラな質問が頭をぐるぐるまわる。

やがて、私から身体を離した修平さん。

「や、だ」

視線を向ける修平さんに、私は両手を差し向ける。

「ぎゅうってしてて、まだ、ギュって」

ふわふわと舌足らずに言う私を、修平さんは本当にギュっと抱きしめてくれた。鍛えられた腕、厚い胸板と、綺麗な鎖骨《さこつ》。その首元に擦り寄る。修平さんは、優しく私の頭を撫でた。

「……美保」

「はい」

「なんで泣いていた？」

私は目を白黒させる。そ、そんなの、そんなの……！

「き、気持ち良かったから、ですけど……？」

「そうではなくて」

さらりと私の髪を梳《す》く、骨張った指先。

「さっき」

「え？　あ、あー」

すっかり忘れてた。

「あの、……その」

思わず赤面してしまう。

「うん？」

不思議そうな修平さんと目が合って、思わず私は背を向けた。

今さら、今さらなんだけど！　カオ、直視できないよ！　好きだって、わかってしまった。わかってしまったら、なんか、なんか……っ！　一人で百面相してる私を背後から抱きしめ直して、修平さんは私の耳元で小さく言う。

その低めの、イイ声で。

「なにか、してしまったか？」

きゅ、とその腕に力が入った。

「俺が、君を泣かせてしまっただろうか？」

上から覗《のぞ》き込むようにしてくる修平さんに向き直り、その首のうしろに手を回す。

「違うんです……」

顔を直視できないから、目線はウロウロ。うう、顔真っ赤なんじゃないかな。

「私……修平さんのこと何も知らないなぁって」

「俺のこと？」

「そうです」

良く考えたら、そうだ。

「好きな食べ物、休日の過ごし方、なにも、なぁんにも」

修平さんは知っててくれてたのにね。

私がコーヒーが好きなこと。多分、他にも……いろんな会話から、それを覚えていてくれた。たとえ「情報」としてだとしても、ちゃんと知って夫婦になってくれた。私は小さく続ける。

「学生のとき部活なにしてたんだろ、とか、どんな子供だったんだろ、とか」

普通は結婚する前に、そんな話するんじゃないかなぁ。

「知ってるのは……本の趣味、くらいで」

修平さんは私の頬に触れる。

「十分だ。これから知ってもらえばそれで」

修平さんの優しい目に、私はきゅっと眉根を寄せた。

「それで、私」

その優しい目につられるように、私は口を開く。

「修平さんの過去に嫉妬《しっと》しました」

「過去？」

「どんなデートしてたのかな、とか、そんな……ことです……」

勢いで言ってしまったけれど、急激に襲ってくる羞恥《しゅうち》。

「あああの、忘れてください」

「いやだ」

「ええっなんで!?」

「何でもだ」

きゅう、とふたたび抱きしめられる身体。

(過去に嫉妬《しっと》するなんて……人のことは言えないのに……)

修平さんが私をどう思っているにしろ、私はこの人《夫》に「元彼のスウェットを貸す」ってことまでしてしまっているわけで、うん。

「それから」

「え?」

「これは君のせいだ」

太ももに、そっと当てられた、大きくなっちゃってる、それ。

「……え、元気ですね?」

「無理はさせないから付き合ってくれ」

無理させない、って、多分それが無理。

私は降ってくる甘いキスに身体をまかせながら、そんなふうに考えて目を閉じた。

7　大事にされてる

大事にされてる。とても、大事にされてるのだろうと思う。そう思うと、胸がきゅうんと苦しくなって……好き、ってなっちゃう。

結婚して二ヶ月経った今も、その感覚は新鮮なまま続いている。――たとえば、いまだって。

私はぼんやりと暗闇を見つめた。カーテンの向こうの暗さからいって、まだ朝方にもなってないんじゃないかな。十二月なかばの、夜中と朝の間。ぶろろろ、と外を原付が走っていく音がした。

横で寝ている……というか、私をぎゅうぎゅう抱きしめて寝ている修平さんの手は、私のお腹の上で、優しく重ねられていた。私が「お腹痛い」って、言ったから。

修平さんは生理中、驚くくらいに「性欲？　なんだそれ？」って雰囲気になる。普段、あんなに凄いのになぁ。思い返すと私だけえっちくなるので、頭からそれは無理やり、追いやった。

昨日の夜、寝る前に「ちょっとお腹が痛い」って呟いたら、あの無愛想な目が心配そうに揺れて。

『薬はあるのか？　病院は？』

ワタワタとあまりに慌てるから、思わず笑ってしまう。出会ったばかりだとわからなかったレベルでの表情の変化だけれど、今ならわかる。本気で慌てている顔だった。

『大丈夫ですよ、あったためてたら治るんです』

『温める？』

『はい、あ、でも手とかで大丈夫なんです』

お布団で手を当ててたら少しマシで、とそう言うと修平さんはひょいと私を持ち上げた。

『俺の手のほうが温かい』

ベッドに寝転ばされて、布団を掛けられて、同じ布団の中、うしろ向きに抱きしめられて――お腹にそっと手を添えられた。

『多少は違うか？』

『……はい』

私はそれより、なんだかじわじわと心があったかくて、その手に自分の手を重ねる。

『ありがとう、ございます』

『まったく構わないが、こんな冷たい手では温まるものも温まらないだろう』

耳元でそう言う修平さん。お腹、痛いんだけど、きゅうんとして……気がつく。

『……あの』

『すまん』

あっさりと謝られた。

『ほとんど条件反射だ』

ちょうどお尻あたりで感じてたのは、修平さんのおっきくなった屹立《きつりつ》。

『気にするな』

私から少し腰を離す修平さんだけど、手はきっちりお腹の上で。この姿勢つらくないのかな。

『眠れそうか？』

優しい声で彼は言う。我慢してくれてるのかな。なんだか不思議だった。

変な話だけれど、今まで付き合ってた男の人って、こういうとき「口でして」とか言うことが多くて。修平さん、遠慮してる？

『あの』

『なんだ』

『口でしましょうか』

それ、と振り向きかけて、ぎゅっと抱きしめられて動けなくなる。

『修平さん？』

『気を使わせてすまない』

『え、あ、そうじゃなくて』

『気にしなくていい……寝よう。体調が良くないのだから』

そうっと、こめかみにキスが降ってくる。それからまた、修平さんの大きな手のひらが、お腹の上に重ね直される。

彼のほうを向いて、眠りたかった。その胸に顔を埋《うず》めて、ぎゅっと抱きしめられて、眠りたい。けど、手があったかくて、ふわふわしてきて――ぼんやりしながら、ふと、気になっていたことを聞いてみた。

『修平さんって』

なんだ？　って、優しく聞き返してくれる声に、安心感でまた蕩《とろ》けそう。

『なんで宮沢賢治が好きなんですか？』

修平さんは『なぜだろうな』と苦笑した。

『あえて言うなら……美保と同じなのかもしれない』

私と同じ？　首を傾げる私に、修平さんは言う。

『美保がよだかと自分を重ねたように。……俺はジョバンニと俺を、重ねたのかもしれない』

少し驚いて、軽く振り向いた。

――ジョバンニと、修平さん？　重ならない。クラスで孤立して、いじめられていたジョバンニと、昔から強くて堂々としていそうな修平さん。

『中学の頃、一時期……部活で孤立していた時期があって』

私は息を呑んだ。

『顧問の先生と先輩の態度があまりに横柄《おうへい》で、異議をとなえたのがきっかけだったかな。サッカー部だったのだが、レギュラーも外されて、毎日外周しかさせてもらえなかった』

修平さんは苦笑して、続ける。

『さすがに堪《こた》えたな、あれは……その頃に、たまたま「銀河鉄道の夜」を読んで、それで――はまった、というか』

しっくりきたんだな、と修平さんが笑う。私は修平さんの手に、自分の手を重ねた。

『結局、先輩たちが卒業したら全部が元に戻った。拍子抜《ひょうしぬ》けするくらいに……だから、ほんの数ヶ月だったのだが』

穏やかな声で、修平さんは言う。私は小さく頷いた。

――そっか。案外と、もしかしたら、もしかしたら……私たちは、似た者同士なのかも、しれない。

『話してくれて、……ありがとうございます』

重ねた手は優しく私のお腹を撫でた。痛みも和《やわ》らいできて、あったかいし、……で、気がつけばスヤスヤと眠っていた。

そして目が覚めて――まだ、その手が私のお腹にあることに気がついて、少し感動すらしてる。

たまたま、かな？　眠ったままの姿勢？　それとも、気にしてくれてる？　私は、くるりと寝返りを打って修平さんのほうを見る。コワモテで、無愛想で、でも整ったお顔は、今はすやすや夢の中。どんな夢、見てるのかな。私の夢とかだったらいいのにな、なんて思う。

「……おやすみなさい」

もういちど襲われた睡魔に、私は身体をそっと修平さんに寄せて甘えるみたいに眠る。

それから、どれくらい経っただろう。ぱちりと目を覚ますと、修平さんの姿はなかった。

「起きたか」

寝室をひょいと覗《のぞ》いてくる修平さんは、仕事用のシャツにスラックス。

「朝飯、できてるぞ」

「は、い……ん、ええっ？」

私は慌てて目覚まし時計を見る。もうこんな時間!?

「ご、ごめんなさい朝ごはん」

「いや、体調が悪いんだから無理することはない」

「もう大丈夫ですよー、ほら」

何がほら、なのかわからないけれど、とりあえずガッツポーズをしてみると、修平さんは重々しく頷いた。うむ、って感じで。

「それならば何よりだ……いやすまない、今日はバイトが休みだと言っていたから。もう少し眠るかと、アラームを切ってしまっていた」

「え、あ、ごめんなさい」

「いや、俺の勝手だ」

修平さんはさらりと私の髪を撫でた。

「おはよう」

「おはよう、ございます」

修平さんは目を細めた。ほんの少し。これは、少し安心したときの、そんな顔。

「昨日より顔色がいい」

「そう、でしょうか」

私はそう答えながら――また心がほわりと温かくなるのを感じていた。

8　月の夢（修平視点）

こんな夢を見た――夏目漱石《なつめそうせき》を気取る訳ではないけれど。
透明な紺色の空に、ぽかりと金の月が浮かんでいる。その下を、俺と美保が歩いている。手を繋いで。俺も美保も、和服を着て、舗装されていない土の道を、ざりざりと並んで歩く。林の間の道のようだった。両脇には木々が並ぶ。地面には、恐ろしいほどに白百合《しらゆり》が咲き誇り、その香りで息苦しいくらいだった。光源は、月明かりだけ。りいりいと虫がないていた。

「なぜ俺と添おうと思ったのですか」

なぜか敬語の俺。——ここが夢の中だということを、なんとなく、俺はわかっている。

美保は微笑む。

「お父様が、あなたに嫁《とつ》げと言ったからです」

夢の中で、俺はぐっと押し黙って……それは予想していたことで、わかっていたことだった。そして、それでも構わないと俺は思う。美保が俺のものになるのならそれでいい、と。そう思った。

百合《ゆり》が、風で揺れた。むせ返る百合《ゆり》の香り。

俺を見上げて微笑む美保を、そっと抱きしめる。美保はくすぐったそうに身をよじった。その白い首筋に舌を這《は》わせる。はあ、と上がる息に、身体の奥がズクリと疼《うず》いた。美保を抱き抱えるように、林に連れ込む。

「や、外、ですよ」

「どうせ誰も来ない」

夢の中なのだから。

美保をうしろから抱きしめて、着物の襟《えり》に手を突っ込んだ。美保はびくりと身体を揺らす。焦《じ》らすこともせず、ただ愚直《ぐちょく》に触れたいものに触れる。小ぶりでも柔らかく、温かなその乳房を揉みしだき、先端をつねると美保は高く、甘く、愛おしい声を上げる。

「は、っあ」

着物をたくし上げ、その脚の付け根に指を這《は》わせた。——着物だからか、夢だからか、なにも穿《は》いていないそこは、すでにたっぷりと濡れそぼっていて、ぬぷりと指が入っていく。

「あ、っ！」

敏感な肉芽をぐりぐりと刺激しながらナカの、美保の好きなところを擦り上げる。きゅうと締まって、あっけないほど簡単に、美保は達してしまう。俺はくたりとした美保を、百合《ゆり》の群生《ぐんせい》に押し倒す。折れる百合《ゆり》、散る黄色い花粉。くらくらする、百合《ゆり》の香り。恥ずかしがる美保のその太ももを、ぐっと押し上げる。

「やっ、恥ずかしい、修平さんっ」

天中の満月に照らされたそこは、ぬらぬらと輝きながら、俺を誘って赤くひくついた。痛いほどに膨張した自分自身を、その熱いナカにねじ込む。

「あ、あぁぁっ、ああ……っ」

悲鳴のような美保の切なく上擦った声は、それだけでイってしまったことの証左《しょうさ》。

「……っ、美保、美保っ」

彼女の名前を呼びながら、余裕なんてなくてただ腰を打ちつける。俺の下で美保はイヤイヤと首を振るけれど、きゅんきゅんと締まるナカは蕩《とろ》けて吸い付いて俺を離そうとしない。

風が吹く。──百合《ゆり》が揺れる。頭がくらくらして、とにかく抽送《ちゅうそう》を続ける。美保は喘《あえ》ぐ。甘い声で、蕩《とろ》けた顔で、俺の名前を何度も呼ぶ。

「修平さんっ、はぁっ、ふぁっ、修平さんっ」

気持ちいいの。もっとして。

そう、彼女は繰り返して、繰り返して、繰り返して。愛おしくて苦しくて──俺は我慢さえできず、簡単にイってしまう。彼女のナカに。彼女の、いちばん奥に、子宮に、己の欲を吐き出して──。空を仰ぐ。紺色の空に、月は白々と。……そこで、目が覚めた。

「……っ⁉」

思わずガバリ、と上半身を起こす。横には、すうすうと眠る美保の姿。

就寝前、生理で痛いと言っていたが、もう痛みは大丈夫なのだろうか？　ぼうっとそんなことを考え……、ふと現実に返り、頭を抱えそうになる。嘘だろう。思春期の、精通したばかりのコドモじゃあるまいし。

「夢精、だなんて」

ベタつく肌着。自分で自分が信じられない……。時刻は午前五時半。

「……起きるか」

のそりとベッドから立ち上がる。浴室へ向かう。熱いシャワーを浴びながら、俺は「あれは本当のことだったたな」と思い返す。あの屋外でのセックス（刑法一七四条に該当、公然わいせつだ）ではなくて、彼女が、美保が俺と結婚した理由。……父の紹介なら間違いないと思って、だったか。

交際を申し込んでしばらくして——ふと、聞いてみた。

『そういえば、なぜ、見合いで俺の顔を見て驚いた？』

不思議だったのだ。見合いともなれば、写真も釣書も見てきているはずなのに、美保は俺を見て驚いた顔をした。

『ああ』

照れたように、美保は言った。にこにこと笑って。

『お父さんの紹介なら、間違いないと思って——写真も見ずに、お会いしたんです』

だから鮫川さんだってわかってびっくりでしたよー、と美保はなんの衒《てら》いもなくそう続けた。俺だとわかってあの場にいたわけじゃない。じゃあ、たまたま。本当に——たまたま。

俺は回想をやめて、シャワーを止めた。須賀川長官が、見合い相手として別の人間を先に思い浮かべていたならば……脳裏に、同期の顔が浮かぶ。先輩、後輩の顔も。優秀な人材はいくらでもいる。もし、彼らが先に選ばれていたのならば……美保の横で眠っていたのは、俺じゃなかったかもしれない。抱かれて、甘い声を上げるその相手は——父親が選んだ相手なら、誰でもよかった？

バスマットを踏みつけながら、俺は乱暴に自分を拭く。運が良かったと、心から、そう思う。もちろん、自分を男として愛してくれたら何より嬉しいが——それが、たとえ無理だとしても、彼女は俺と添うことを選んでくれたのだから。

（……さて、）

俺は切り替える。

今——当面の問題は、これ。

「この下着はどうしたものか」

さすがに早朝から洗濯機をまわすのは憚《はばか》られて、俺はしばし考え込むのだった。

9　味噌汁

修平さんが作ってくれた朝ごはんは、なんていうか普通に美味しかった。クロワッサンサンドにサラダ、あったかい野菜スープに、コーヒー。

「おいしー！」

「良かった」

修平さんはほんの少し、そのコワモテな目元を緩めた。

「でも大丈夫ですか？　朝から……早起きしたんじゃ」

「……たまたま早起きして」

「っ、ていうかもしかして洗濯機まわしてくれてます？」

洗面所から、ごうんごうんという音も。

「……たまたま洗いたいものがあって」

「言ってくれたら洗うのに」

「いや」

なんだか歯切れが悪い。珍しいなぁ。修平さんはなんだか不思議な顔をしたまま、テレビをつけた。民放のその番組は、しばらくニュースを伝えたあと、バラエティチックな特集を始めた。いわく「プロポーズどうしましたか」インタビュー。

道ゆくサラリーマンに、奥さんにどうプロポーズをしたか、いま幸せか、というのを聞いていくコーナー。見慣れた背景は、新橋《しんばし》のようだった。

……プロポーズかぁ。

ちらり、と修平さんを見上げる。

ちゃんと好きって自覚してなかったからなぁ、すごい間抜けな返事をしちゃったんだよなぁ。……私でいいんですか、って。修平さんは「君がいい」と言ってくれて、それから。

「……そうだ！」

突然叫んだ私に、修平さんはさすがにびくりと肩を揺らした。

「どうした？」

「お味噌汁！」

「味噌汁？　味噌汁が飲みたかったのか」

作ろうか、と言ってくれた修平さんに私はブンブン首を振る。

「毎朝！」

「うん」

「私、毎朝修平さんにお味噌汁作るって約束してたのに！」

気がつけば朝はパンになってた！　コ、コーヒーに合うから、一人暮らしのときからの習慣で……！

「プ、プロポーズのときに」

私は少しシドロモドロになる。え、修平さん、覚えてない⁉　修平さんはしばらく黙ったあと、ふ、と噴き出した。

「しゅ、修平さん？」

え、こんな風に笑うの。

「いや、すまない」

修平さんは少しだけ笑って、それから苦笑した。

「自分でも、あれは時代錯誤だなと。なぜか口を突いて出たんだ。気にしないでくれ」

私の手をそっと取って、左手の薬指、シンプルな結婚指輪に修平さんはキスを落とす。

「君が作ってくれたならなんでも旨い」

「……今日は作ってません」

「では併《あわ》せて」

修平さんは真剣に言う。

「君がいるとなんでも美味しく感じる」

私はなんだか目線がうまく合わせられなくなって、おろおろとクロワッサンサンドに手を伸ばす。

「お、おいしー！」

「また作る」

修平さんは落ち着いてコーヒーなんか飲んでいる。うう、なんか余裕あるよねこの人。

ちらりとテレビに目線を移す。『いやぁ幸せですよ！』と答えてるサラリーマンもいれば、

『墓場っすわ』と笑うおじさんも。

「……修平さん？」

「なんだ」

「いま、幸せですか」

「幸せに決まってる」

即答だったから、少し面食らう。

「ですか」

「美保は」

ガッチリ目線が合う。逸らしたら怒られそうなくらいに、ばっちりしっかり。

「幸せ、だろうか」

私はアタフタしながら頷く。

「し、幸せです……！　大事にされてるなって、その、思うし」

修平さんの無愛想顔が、少し緩む。なんか安心したらしい。

「妻は大事にするものだろう」

はい、とその勢いに頷いた。そ、っか。妻は大事にするものだって、修平さんはそう思っていて、それで……。だとしたら、私、相当ラッキーだ。「長官」なお父さんのおかげで、それで奥さんにしてもらえた。そこに愛情があるにせよないにせよ、奥さんとして大事にしてもらえるわけで……多分、一生。たとえば、あのまま同じマンションに住んでるだけの間柄で、特に進展もないまま、他の人をこんな風に奥さんにして、大事にしてるのとか見て。それで、そこで「好き」に気がついて失恋して……とかより、よっぽど今のほうが幸せだ。どう考えても。

お父さんがいなければ……と、その事実にへこんだことも、あったけれど。

「あの、ほんとに……幸せ、です」

私のその言葉に修平さんは余裕たっぷりって顔をするから、私は出勤していく修平さんに少しいたずらをしてしまう。

「では行ってくる。知らない人物が来た場合は絶対にドアを開けないように」

私は小学生でしょうか。

「修平さん？　いってきますの、ちゅー、ください」

玄関先、結婚式の写真なんかが靴箱に飾ってあるそこで、私はにっこり微笑んでみせた。少し戸惑うとこが見たかった。意地悪かな？　修平さんはしばらく私を見つめたあと、なんだか自然に唇を重ねる。

「んむ」

ほんとにすると思ってなくて、変な声が出た。修平さんは相変わらずの無愛想顔で私から離れて、そっと頬を撫でる。

「行ってきます」

「……いってらっしゃい」

小さく手を振り、ドアが閉まる。……と、なぜか廊下から派手な、がごん！　っていう音がした。

思わずドアを少し開ける。

「ど、どうしました ー!?」

「大丈夫だ」

修平さんは倒れた消火器を元の位置に戻していた。消火器？

「行ってきます」

三回目のいってきます、を背筋をぴんと伸ばして言って、修平さんはエレベーター方面に歩いていって――

私は、その背中を首を傾げながら見送ったのでした。

10　クリスマスイブ

結婚して以来、初のイベントらしいイベント、なんだろうな。

仕事がアルバイト契約になってからの勤務シフトは、九時──十六時。ラッシュ手前で帰宅できてすごく助かってる。そんな勤務時間のあと、向かうは銀座《ぎんざ》。クリスマスイブの今日、修平さんが、なんだか美味しそうなお店を予約してくれてるらしい。約束まで時間があるので（なのになんだか早足だった）デパートで悩みに悩んでたクリスマスプレゼントなんか買っちゃう。

私、いま浮かれてるなあ。

買ったのはネクタイ。ネクタイなら、少々趣味と違ってても着けてもらえるのではと……ほら毎日替えるし。それから、デパートの化粧室でお化粧直し。……すっぴん毎日見せてるのに。自分が不思議。今朝だって、すっぴんで行ってらっしゃい（あれ以来、毎朝行ってらっしゃいのちゅー、してたり）したし──なのに、なぜか気合いが入る。

アイラインも引き直し。口紅の色はこれで良かった？　チーク浮いてないかなぁ。あー、まつエク行っておけば良かった！　少しくらいは目が大きく見えたかもなのに。ていうか、ネイルくらいしておけば良かったかな。悩んで悩んで、何度も鏡を見直して。これでよし、って立ち上がったところで、スマホにメッセージがきていることに気がつく。

「……遅れる、か」

端的に、それだけのメッセージ。忙しいのかな。スマホを見つめる。ほんの少し、しゅんとした。

(浮かれすぎてたよね)

……とりあえずお店、行きますか。

デパートを出ると、すっかり日も暮れていた。

修平さんが予約してくれてたのは、創作料理のお店のようだった。通されたのは、奥まった席。だけど、通りに面した窓が大きくて、外の様子はよく見えた。

「お連れさまがいらっしゃるまで、よろしければ」

ウェイターさんが、お猪口《ちょこ》に日本酒と少しのおつまみを持ってきてくれた。……気を使わせちゃったかな。ずっと、窓を見てるから。お礼を言って、ひとくち口に含む。……あ、美味しい。少し心がほぐれて、周りを見る余裕が出てきた。お酒は日本酒だけみたいだ。メニューを見る限り、お料理は、イタリアンとフレンチと和食をベースにしたような感じ。お隣の席は還暦《かんれき》位のご夫婦だった。ウチの両親と同じくらいかな。密やかにお話ししながら、楽しそうに食事をしている。とても仲が良さそう。いいなぁ。私と修平さんも、あれくらいの年齢になったときあんな風でいられるかな？　お互い信頼し合ってる、ちゃんとした「夫婦」になれてたらいいな。

お腹がぐうと鳴って、少し恥ずかしい。スマホに目をやる。メッセージはない。……忙しいよ、忙しいに決まってる。年の瀬だ。警察署なんて、てんやわんやだよ。お父さんも言ってた。俺だって現場にいた頃にはな、……って。まぁ今も相当忙しくしてるみたいだけれど。

窓の外は、きらきらしいイルミネーション。道行く人が、皆幸せに見えた。

……浮かれすぎてたよ。浮かれすぎてた。結婚して、ちゃんとしたデートっぽいの、初めてだったから。膝の上で、プレゼントが入ってるデパートの紙袋の持ち手を握りしめる。窓の外では、なんだかちらほら、空を見上げる人たち。

「あ」

思わず声に出た。不思議そうにお隣のご夫婦も窓へ視線を向ける。

「雪ね」

「ホワイトクリスマスだ」

穏やかに、そんな会話をして微笑み合う。

いいなぁ、幸せそうだなぁ、……って相当だな私。いろんな方面に嫉妬《しっと》しすぎ。粉雪がイルミネーションを反射する。胸がぐうっと詰まった。……私だけだったり、して。

今日のこと、楽しみにしていたの。そう思ったら、ほろりと勝手に涙が溢れて。慌ててハンカチを取り出す。せっかくメイク頑張ったのに、崩れちゃう。そう思って涙を止めようとすればするほど、目が熱くなって、溶けちゃうみたいに涙が溢れて。泣きながら思う。

私、馬鹿みたいだ。

浮かれていたのも、ちょっと待たされてるくらいで泣いちゃうのも……修平さんに見られたら、呆れられちゃうよ。子供でもないのに、これくらいのことで……

お隣のご夫婦が、気遣わしそうにチラチラと目線をくれている。ご迷惑だよね……せっかくのクリスマスディナーなのに、しくしく泣いてる女が横にいたら……申し訳ないよ。

お手洗いに行こう、と席を立ったところで、ぐいっと腕を引かれた。

「美保」

肩で息をしてるのは、一番会いたかった人で。コートには雪が積もってる。

「しゅ、へーさん」

「すまない、連絡、スマホが」

息が上がってて、うまく説明できないみたいだった。

「ヒャクトウがマル変で帳場《ちょうば》立ちそうになって、気合いで解決してきたがスマホが犠牲になった」

なんだかよくわからないし、びっくりしすぎて涙も引っ込んだ。

「……帰ろうとしていたのか？」

コワモテなのに。無愛想なのに。かっこいい顔、してるのに……すごく情けない声、してた。

「……お手洗いですよう」

そうか。そう言って、少し頬を緩めて……修平さんはそうっと私の頬に残った涙を指で拭った。

化粧室で何とかメイクを復旧（復旧だこんなの）させた私は、すっかりご機嫌も急回復してディナーを満喫《まんきつ》していた。

「アワビ、好きなんです」

「そうなのか？」

「ていうか、実は海産物系割と好きで」

「覚えておこう」

アワビと伊勢海老《いせえび》のリゾット、とやらを食べてて、そんな会話になる。修平さんは相変わらずのザルで、さっきから色んな種類の日本酒を顔色ひとつ変えずに飲み干していた。私も少しずついただいてるけど、結構度数が高いのか、少しふわふわしてきちゃっ
「は、い……」

てる。ていうか、さっきから……会話、私のことばっかですね？　私はじっと、錫《すず》のお猪口《ちょこ》に入った日本酒を見つめた。とろりと揺れる水面。思い切って、顔を上げた。

「あのっ。修平さんは、アワビ、好きですかっ」

「割と」

どうした、って修平さんは不思議そう。

「海産物は？」

「好きだが」

「お肉とお魚、どっちが好きですか」

「どちらも好きだ」

淡々と修平さんは答える。むう。

「じゃ、じゃあ」

うん、って修平さんは頷く。この人、人の話、一生懸命っていうか、真摯《しんし》に聞いてくれるよなぁ。

「一番好きな食べ物は、なんですか」

「一番好きな食べ物？」

修平さんは、なんていうか、ものすごーく悩んでいる顔をした。眉間のシワがものすごい。

「え、そんなにあります？」

「……一番は、鮭《さけ》のホイル包みだろうか」

頷く。そういえば何日か前に作ったな。たまたまだったけど、良かった。

「いや、美保の作るのはどれも旨いんだが」

え、私の作るご飯限定で考えてたの？

「一番というと、……卵の味噌汁も旨かったな」

目を瞬かせる。

「しかしハンバーグも捨てがたい。少し大きめのバラ肉か？　刻んだのを入れてくれてただろう、あれでボリュームが」

「あの、修平さん？」

私は首を傾げた。

「別に、私が作ったのじゃなくても良いんですよ？」

「しかし一番好きな食べ物を聞いているんだろう？」

「はぁ」

「美保が作るのが一番旨い」

堂々と言うから、私は照れて俯《うつむ》いて、アワビを小さく口に入れた。うう、妻を大事にする主義、なのは知ってるけれど、大事にされすぎるの、なんだかまだ慣れないですよ。

「あ、ええとっ。あの、大したものじゃないんですけれど」

私は照れ隠しに、ぱっとさっき買ったクリスマスプレゼントを差し出す。

修平さんは固まっていた。

「しゅ、修平さん？　おーい」

「は、……息するのを忘れていた」

修平さんは恭《うやうや》しく包みを受け取る。

「開けていいだろうか」

悩みに悩んで選んだネクタイを見て、修平さんは無言で今しているのを外し出す。

「今着けるんですか！」

「当たり前だ」

「あ、明日にしましょうよ明日に」

「……そうだな」

うん、って感じで、大事そうにネクタイを修平さんは見てる。そんなに気に入ってもらえたなら、良かったですよ。それから唐突に、修平さんは頭を下げた。

「謝らねばならないことがある」

「な、なんですか？」

「……プレゼントだ」

頭を上げてくれるけれど、その顔はほんの少し、眉を下げていた。

「予約してあったんだが、今日、受け取る時間がなくて、というか忘れていて、店ももう閉まっている時間で」

しどろもどろな修平さん。超珍しい。忘れちゃうくらい——そんなに一生懸命、ここまで来てくれたんだ。駅から結構あるのに、走って、走って、走って。雪だって降ってたのに。胸がきゅうんとなる。

「明日でもいいだろうか……」

「ていうか、このお店がプレゼントだと思ってました」

クリスマスディナーのプレゼント。でも、そういう訳ではなかったらしい。

「いや、もちろんそれも……でも」

修平さんは小さく言う。

「一緒に過ごすはじめての、イベント事だったから」

私の誕生日も、修平さんの誕生日も、四月で。お付き合いもなにも、お見合いでそのまま結婚しちゃって、あったイベントといえばハロウィンくらいで。

思わず赤面。修平さんも、今日のこと、ちゃんと楽しみにしてくれてたんだ。赤面したまま、お酒を飲む。真っ赤なの、お酒のせいと思ってくれますように。

お店を出て、広い歩道を並んで駅まで歩く。結構遅い時間なのに、人通りは多い。

「雪～」

「そんなには降っていないから、積もりはしないだろうが」

修平さんは軽く空を見上げる。私もつられて、見上げた。暗い空から、ふんわりふんわりと落ちてくる、大きめの雪片《せっぺん》。ひゅう、と吹いた風が寒い。思わず身を縮めると「美保」と呼ばれて歩く位置を変えられた。

「早く帰ろう、風邪をひく」

車道側とか気にしてくれたかな？　でも、広い歩道だから気にする道でもないけれど……と、すぐに修平さんの意図に気がつく。

「あの、ありがとうございます」

不思議そうな修平さんに、私は微笑む。

「風避《よ》け、してくれてます？」

「……無駄にでかいからな、俺は」

そう言って、修平さんは相変わらずの無愛想で言う。

「これくらいの役には立つ」

「あったかいです」

「……抱きしめたほうが温かいのだろうが」

さすがにな、となぜか真面目に修平さんは言う。多分冗談なんだろうけれど。でも、やたらと真面目な目。冗談言うんだぁ、とちょっと意外です。私は修平さんを見上げて、その袖《そで》の端をちょこっとだけ握った。

「美保?」

「あの」

私は修平さんを見つめる。頬が熱いのがわかる。

「抱きしめて、とは言いませんが」

目線を逸らして、でも思い切って。

「手、くらいは……繋いでも、いいでしょうか」

言い終わった瞬間には、ぎゅうとその手は強く握られて、修平さんのコートのポケットに。

必然、くっつくような姿勢になって。

「……行こうか」

「はい」

まっすぐ前を見て、私を見ずに修平さんは言う。

その耳とかが赤いのが、寒さのせいだけじゃないといいなって、私はちょっと思ってる。

11　白いダリア

「いってらっしゃい」

「美保も気をつけて」

　翌朝、のクリスマス。

　少しの背伸びをして、ちゅ、と口付け。いってらっしゃい、のちゅーをした。修平さんは少し口の端を緩めて、私の頬を撫で、それから玄関を出ていく。ぱたん、とドアが閉まるのを確認してから、私は毎朝「きゅううん」となる心臓を落ち着けるように、しゃがみ込む。

　今日もかっこいい。スーツ姿の修平さん、かっこいい。ネクタイが私のプレゼントなの、ほんとに嬉しい。あー、もう、好き！

「美保⁉」

　慌てたような声。ば、と顔を上げるとなぜか修平さん。あ、あれ？　出勤したはずじゃ。

「忘れ物をして」

　私のそばに、屈みこむ。

「戻ってきたら、美保が」

　……嫁が玄関先で夫に萌えて悶絶《もんぜつ》してた、と。

ものすごく恥ずかしいところ見られてた！　修平さんは、そっと両手で私の頬をつつんで、心配げに口を開く。

「どうした？　体調が悪いのか？　顔が赤い」

「……大丈夫ですよう」

ものすごーく心配してくる修平さんをあれやこれやで送り出して（修平さんって結構、心配性みたいだ）私も出勤。

そうして――その人に会ったのは、会社の最寄駅。ラッシュ時のピークではないけれど、そこそこ混んでる、そんな時間。エレベーターの前、大きなトランクを持って、その人は気怠《けだる》げに列に並んでいた。綺麗っていうか……セクシー。そんな雰囲気の人。とろりとした長い黒髪は、緩く巻かれていた。ほんの少し垂れ目の大きな目とぽてりとした下唇が、これまたセクシー。男女問わず人の視線がぶつけられ、でもそれをまったく気にしていない風情《ふぜい》。つい見てしまって失礼だったかな、と視線を外しながら思う。でも、あれだけ美人だったら、他人の視線にも慣れてしまうところなのかな。そんなセクシーなお姉様が、唐突にブチ切れた。

「ちょっと！　アタシ並んでたよね！」

誰か割り込みかな、と目線をやる……と、セクシーさんが怒りながら肩を押したのは、え!?

「ちょ、ちょちょちょ」

ちょっと待ってが言えず、変な言葉を口から漏らしながら、セクシーさんに押された人を支える。

「だ、大丈夫ですか」

「は、はい、ええと」

混乱してるのも、無理はない……セクシーさんが押したのは紫のサングラスをした小柄なおばあさん。しかも白杖を持っていた。

「ちゃんと並びなさいよ！」

「あのっ！　このかた、目が」

思わず割って入った。

「関係ないわよ、並んでるのは並んでるの！　順番通り！　だいたいこの忙しい時間帯に」

それに、とセクシーさんは歪《いびつ》に唇を歪《ゆが》めた。

「電車でスマホいじってたの、知ってるんだから！　見えないふりしないで！」

があ、とエレベーターの扉が開く。セクシーさんはチッと舌打ちをして、私たちを睨みつけてそれに乗っていった。

ほ、と息をつく。怖かった……。でも、もっと怖かったのはこのおばあさんのほうだよね。

「大丈夫ですか？」

「……ええ、ありがとう」

おばあさんは藤色《ふじいろ》のサングラスの向こうの、優しげな目を細めた。

「ごめんなさいね、少しは見えてるんだけれど……点字ブロックに沿っていたから列を見逃《みのが》したのね」

「いえ、仕方ないですよ」

「そうかしら。ありがとうね」

「いえ。お怪我なくて良かったです……その、一応駅員さんとかに」

「いいのよ。怪我もないし、おかげで貴女のような方と出会えたし」

にこ、とおばあさんは微笑んで。次に来たエレベーターに二人で乗って（周りの人が乗せてくれた）、改札まで送っていった。頭を下げるおばあさんに、「お気をつけて！」と声をかけて、腕時計に目をやる。

「……あ、やば」

時刻は遅刻ギリギリ。私は改札から全速力で走った。パソコンで勤怠を切ったのが、始業一分前。

「……セーフ」

椅子にがたんと座りながら、ふと机の上にあるものに気が付く。半透明の、硬めのビニールの四角い袋。お花屋さんでアレンジメントとかを買うと、入れてもらえるやつだ。

なんだろう、これ。

「おう、美保」

パソコンの間からひょい、と小野くんが顔を出す。

「それな、クリスマスプレゼント」

「へ？　クリスマス？」

パソコンのディスプレイの向こうから、目も合わせずに（今日そんなに忙しかったっけ？）小野くんは続ける。

「オレ……と、ええと。田川《たがわ》から」

田川八重《やえ》は同じく同期の女性。仲が良くて、お互い下の名前で呼び合ってて――結婚式でブーケを受け取ってくれたのも、彼女。でも、なんで八重と小野くんから？　がさりと袋を開けてみる。入っていたのは、白いダリアのプリザーブドフラワー。小さな花瓶に生けてある風にされたそれは、とても可愛い。

「え、なんで？」

「……いや、普段のお礼？　花言葉、感謝、なんだってよ」

「感謝？」

「サポート業務、いつもありがとうってことだよ」

「ええと、なんで八重まで？」

小野くんはわかる。コンビだし。……仕事なので、そんなに感謝されることでもないとは思うけれど。

「……こないだのプロジェクト。相当手伝ってもらったとか言ってたけど」

「あー、あれかぁ。気にしなくて良かったのに」

ふふ、と笑う。でも嬉しい。可愛いお花だし。玄関に飾ろうっと。

「これ八重の発案？」

昨日、この二人飲みに行くとか行かないとか言ってたもんね。そのとき買ってくれたのかな。

そういえば、と思い出す。付き合ってた頃に小野くんからお花なんてもらったことがなかった。そもそもイベント事、嫌いだったもんなぁ。初詣くらいだったな、一緒にやったイベントって。思い出して笑ってしまう。そのときは寂しかったけれど――まぁ、もう随分昔の話だ。

「……そ。田川、の」

「やっぱり。小野くんにお花をプレゼントするっていう思考回路はないよ」

「あの、なぁ。……っ、ちゃんと感謝、してたよ……昔も」

「昔？」

「……メシ、とか」

少し気まずそうに、小野くんは言う。

「カッコつけて、……皆の前で文句言ったりして……悪かった」

今更の謝罪に、少し面食らう。そういえば、今コレの気分じゃない、とか同期の皆との家飲みで言われたこともあった。もう気にしてないのに……

「そんなの、もう」

「おはよー！」

背後から抱きついてくるのは、当の八重。私はニコニコとプリザーブドフラワーを両手で持つ。

「ありがとね！」

「ん？」

「え？　これ」

八重はしばらく目を白黒させたあと、視線を動かして戻して、それから「あー」と言って笑った。

「そーそー。それ、あたしから。クリスマスプレゼント～フォ～みーほー」

「あは、ありがとう」

「ほんとのマジにメインあたし。あそこの二日酔い野郎は関わってない」

「二日酔いなの、小野くん？」

「ちげえよ」

八重は笑いながらデスクを回って、小野くんの横に行くと、耳のそばで低く、なにかを囁《ささや》いた。

小野くんは八重を睨みつける。

「どしたの？」

「なあんでも？」

八重はやっぱり、にっこりと笑った。

「そう？　……写真撮っていいかな」

だってなんか、嬉しかったから。正社員からアルバイト契約になって、やりがいがない、とは言わないけれど……なんか、ちゃんと認めてもらえた気がして。

「八重と小野くんで」

「なんでオレたち！」

二人して拒否してくる。

「お前ら撮ってやるよ」

ん、と小野くんに差し出された手に、私はスマホを渡す。小野くんはスマホの画面をスライドさせてカメラを起動させて、それから文句を言った。

「お前のスマホ、カメラ起動すんのも暗証番号いんの、めんどくせえな相変わらず」

「あ、ごめん」

スマホ、替えようかなぁ。でも機種変もまた、面倒くさかったりする。

「0428です」

「あー、それ旦那さんの誕生日ぃ？」

八重に言われて赤面した。うう。そんなにバレバレかなあ。

それから、いつも通りの仕事が始まって――違うことといえば、大きなはめ殺しの窓から見える灰色の雲から、ちらちらと雪が落ちてきていることくらい、だった。

十六時過ぎにガタンと立ち上がる。

「おつっかれさまでしたっ」

他のバイトさんたちより一足先に会社のビルを飛び出る。晩ご飯、なんにしよう⁉　悩みに悩んで、悩みすぎて何にも思い浮かばなかったよー！　だって、せっかくのクリスマス。昨日はディナーをご馳走になったから、せめて美味しいご飯でお返ししたい。……とはいえ、作れるのは家庭料理だけ。

SNSでイイネがつきまくるような何やら横文字が踊るお料理は、とてもじゃないけれど無理だ。

平々凡々、なんの映《ば》えもない普通の家庭料理、なんだけれど――でも。それが好きだって、言ってくれるから……。好きな食べ物、私の手料理、だって――そう言って、くれたから。思い返して、きゅんとする。顔なんか、ついニマニマしてしまう。

全世界の人に自慢したい。私の旦那さんの好きな食べ物は、私の手料理なんですよ！　って。

……いや、やばいやばい、変な人だ。うん、落ち着こう。

電車を最寄駅で降りて、駅の横のスーパーに駆け込む。早足で買い物をこなし、両手に荷物をぶら下げて、早足で帰宅。

玄関に八重からの（一応、小野くんもなのかな？）プリザーブドフラワーを飾って、さっそく調理開始。いつもより少し、可愛く料理を彩《いろど》ったりして。

「……って言っても、結局いつもどおりだなぁ」

センスある人なら、なんかこう、よくわかんないけどステキな感じになるんだろうな。

ビーフシチュー（一応だけれど、手作り！　といってもソースとケチャップ頼み）に、サラダ（生ハムとチーズ何種類か！　少し豪華？）に、パセリライスとキノコのアヒージョ。

「ハートのニンジン、だもんな～」

ビーフシチューのニンジン……冷静に考えたらこれ、なんか恥ずかしいな？

「た、食べちゃえばわかんないよね？」

今更ながら恥ずかしくなってきた。でも、うん、大丈夫。いちいちニンジンの形なんか、見てないよ。

一人で慌てて自問自答していると、ガチャリと鍵の開く音。

「わ」

なぜか緊張しながら玄関に向かうと――真っ白なダリアの花束を持った修平さんが、なんだかむんと唇をひき結んで立っていた。

「修平さん？　おかえりなさい」

難しい顔をしてるけれど、怒ってるわけでもなんでもない感じの……緊張、みたいな。

「ただいま」

そう言って、ぽすりと花束を押し付けてくる。

「好きだろうか」

何を!?　修平さんを!?

「ダリア」

「え、あ、はい」

押されるように、返事をする。

「好きです」

その返答に、修平さんはしばらく私をじっと見つめたあと、なんだかやっぱり緊張気味にミントグリーンの小さな紙袋も差し出してくる。

「……遅くなったが」

「え、あ、そっか、わぁ」

クリスマスプレゼント！　料理で頭がいっぱいだった。ダリアを抱えながらそれを受け取って、それから私は首を傾げた。

「ていうか、部屋、上がりません？」

玄関先でわちゃわちゃしちゃった。修平さんは「あ」と小さく呟いて、ほんの少しだけ、照れたように、ほんの、ほーんの少し、口端をあげたのだった。

花瓶に生けた、白いダリアを見つめる。ダイニングテーブルに置いたそれは、真っ白なダリアに何種類かのグリーンをあしらったもので。ぼんやりと、花の香りを嗅《か》ぐ。なんでダリアの花束？　花言葉が「感謝」なんだっけ？　でも修平さん、花言葉とか知ってるのかな。だとしたら――思い浮かぶ「理由」はある。でもそれ、なんか、自意識過剰っていうか。

……たまたま、かな。うん、私。「白いダァリヤ」さんぽくはないよね、と思う。かと言って、赤でもないけれど……

部屋着に着替えてリビングに戻ってきた修平さんは、とってもいつも通りだった。

「配膳手伝おうか」

「あ、今日は！　昨日のお礼！　です！」

「昨日のこと、お礼を言いたいのはこちらなのだが」

「そんなことないです。美味しかったですし、楽しかったですし、嬉しかった、です」

「……そうか」

修平さんは少し目を細めた。

「白いダリア。やっぱり、君に似合う」

ぽつり、と修平さんは言う。

「……え」

「真鶴《まなづる》を気取るわけではないのだが」

じっと私を見つめる凛々しい眸《まなざし》。修平さんはとってもフラットで、私はちょっと胸がどきどきしてる。

『まなづるとダァリヤ』は、宮沢賢治の短編。

花の女王になろうとしている赤いダリア。取り巻きの黄色いダリアに囲まれている彼女は、空を飛ぶ真鶴に自分の美しさを肯定させようとする。けれど真鶴は、いつもおざなりな返事ばかり。真鶴が向かうのは、いつも白いダリアのもと。ひとり凛と咲いているダリアに、真鶴は穏やかに話しかける——そんな話。

なんとなく、真鶴は白いダリアに恋をしてるような、そんな読み方をしていたのだけれど……ああ、それこそもう！　自意識過剰だ！　似合うと言われただけなのに！　単に今、ダリアを見て『まなづるとダァリヤ』を連想しただけなのかもなのにっ。頬が赤くなるのを誤魔化すみたいに、私はキッチンへ向かう。もう、ああ、なんていうか、好きな人と暮らすって大変だ……

修平さんは「旨い」って何回もシチューお代わりしてくれて、私はなんだかニヤニヤしながらそれを見つめてしまう。こういうのって、すっごく、嬉しいんだなぁ。

食後、ソファに並んでテレビを見ていた――と言っても、今日は私がバラエティを見てて、修平さんは本を読んでいる。私は世界の面白投稿動画！　みたいなやつでケタケタ笑っていて、ふ、と考える。

居心地悪くないんだよなぁ。悪くないっていうか……むしろ、いい。落ち着く？　幸せ？　なんて言っていいか、わからないんだけれど。同じ空間で、別のことしてても、それが気にならない。……修平さんは、どうなんだろう？　横の修平さんをちらりと見ようとしたとき、ひょいと持ち上げられた。

「修平さん？」

「ん」

小さく返事をされて、そのまま修平さんの膝の間にぽすりと収納された。収納。体格差がまぁあるので、こんな風にうしろから抱きしめられると、ほんと収納って感じだ。

修平さんは、特に何のリアクションをすることもなく、淡々と本を読み続けている。

よく、こうしてくるけど……本とか読みづらくないのかな……、なんて思っていたのに、
気がついたらまたテレビの内容で肩を揺らして笑ってしまう。

あ、本、揺れちゃう。申し訳なくて顔をむけると、存外に――というか、なんだか不思議なことに、優しい眸《まなざし》を向ける修平さんと目が合う。

「あの、……ごめんなさい。私、邪魔じゃないですか」

「ん？　まったく」

修平さんは柔らかく笑う。

「美保が笑っているなあ、と思っていた」

そんな風に、目を細めるから――私はひどく照れてしまう。照れ隠しのように、口を開いた。

「あの、でも。本」

気にするな、とさらりと髪を撫で、耳を撫で、とされる。

「というか俺がここに君を収納したのに」

修平さんも収納だと思っていたらしい、と私はぷっと噴き出した。

「温かくて、心地いいんだ」

君は、と首筋に顔を寄せられる。軽く触れる唇に、目を細めた。

……私だって、こうされてるの心地良い。でもやっぱ、人間湯たんぽみたいだけどね！

いーんだ。うん、必要としてもらえるなら、湯たんぽでもなんでも……

「あ、かわいい」

テレビに、赤ちゃんの映像が映る。……ふと、修平さんが口を開く。

「美保は……その。子供、いつくらいがいい？」

私はぽかんと修平さんを見上げる。子供？……そっか。結婚してるんだし。

「俺は……もう少し、先がいいなと」

頷きながら、なんとなく、不思議に思う。お見合いなんだし、順番（？）としては次は子供なんじゃないのかな。

「もう少し、君と色々過ごしてみたいと思っていて」

「色々？」

「新婚旅行……もそうだが。花見だとか、祭りだとか、普通に……でかけることだとか」

私は少し驚いて、小さく目を瞠《みは》る。そんなこと……考えてくれてたんだ。こめかみにキスしてくれる修平さんも──こころなしか、照れてるみたい、だった。

「じゃあ……もう少し、だけ」

もう少し、二人だけで。なんだかむず痒《がゆ》いような気持ちになって。修平さんが、優しげな目つきで、私の頬を撫でるから──つい、キスをしてしまう。触れるだけの、子供みたいなキス。

「……君は、俺を煽《あお》るのが上手だな」

煽《あお》っているつもりはまったくなかったのですが!?

慌ててる私に、噛みつくようなキスが降ってきて——そのキスはどんどん深くなって、絡み合う舌はドロドロに蕩《とろ》けそう。苦しい。息じゃなくて、心が……溺れていく。どんどん、溺れていく……あなたに。

「俺は……とても口下手で」

その顔を見ようとするけれど、後頭部をぎゅうと押さえられて動けない。修平さんの腕の中は、とってもあったかい。

「うまく感情を言葉にできないけれど。君を、……とても大切にしていることだけは、わかっていてほしい」

胸がぎゅうっとなる。大切に。……知ってる。とても、私、大事にされているから。——でも。

その身体に、甘えるように擦り寄る。

……でも、一番欲しい言葉は、くれないね。

君が好きだって、その一言があれば私……死んだって、いいのにね。

12 嬉しくないクリスマスの「再会」（修平視点）

昼休み。美保が作ってくれた弁当を堪能していると、内線がうるさく鳴った。

「どうした？」

『あ、署長。すみません、羽鳥《はとり》警視が』

「羽鳥？」

聞き返したときには、ばぁん、と大袈裟《おおげさ》なくらいに派手に扉が開かれる。

「久しぶりね修平くん！　元気してた？」

そこにいたのは、「派手」――そう形容していい女性。大きなトランクケースを引いていた。

「……羽鳥さん」

ご無沙汰してます、と立ち上がると羽鳥さんは「ヤダ」と笑う。

「同期で階級も同じ。タメ口でいいのに」

下の名前で呼んでよ、そう言ってにこりと笑う、そのぽてりとした下唇が、他の同期の男に言わせると「とんでもなくセクシー」なのだと言う。……美保の、よく笑う唇のほうが可愛らしいのに、と無意識に美保と比べてしまって、慌てて打ち消す。どちらにも失礼なことだ。

にっこりと笑う羽鳥さんは、大学で同じゼミ、ただ二期上の先輩だった。一度は就職した商社の法務部を辞めて、なぜか同じ年に警察庁に入庁した。理由はなんだったか……確か「好きな人と同じ道が良い」だったか？

ただ、上の評価は著《いちじる》しく低い。仕事はできる。この上ない、くらいに。しかしながら――警察官としての素質に欠ける。おそらく彼女と仕事をしたことがある人間はそう結論づけるだろうと、俺は思っている。というのも……彼女は「赤いダァリヤ」だ。自分が中心でなくては気が済まない。自分が最も目立ち、最もチヤホヤされなくては臍《へそ》を曲げる。警察組織はあくまで「チームワーク」だ。上の判断で、彼女は「通常ルート」を外れた。

「……フランス帰りですか？」

俺の言葉に、にっこりと微笑む彼女。二年前、彼女に言い渡されたのは「二年間の海外留学」だった。フランスで法律を学ぶ。帰国後は警察学校などの指導でそれを生かす――無論、本当に優秀な人間が行くルートでもある。この場合、羽鳥さんが厄介《やっかい》払いされただけで。ただ、本人は気がついていない。自分が優秀なゆえだと、そう本気で思っている。……いちいち忠告もしないけれど。それほどまでに親しくない。……そんな羽鳥さんが、なぜ俺に？

「なにかご用事ですか？」

「酷いわ、仕事の合間を縫ってきたって言うのに」

羽鳥さんは肩をすくめる。

「フライトが遅れたせいで、到着後ソッコーで挨拶まわりよ。こんな重いモン持って。さっきもほら、あそこまで」

彼女が告げたのは、美保の会社の最寄りの警察署だった。確か、あそこは一期上の先輩が署長をしている。つまり、ここにも、挨拶で寄ってくれたということか。納得して、俺は応接セットの椅子をすすめる。

「わざわざ申し訳ありません。どうぞ」

「……ここにきたのは別の理由よ」

そう言って、羽鳥さんは小さな紙袋を差し出した。訝《いぶか》しく見つめる。

「クリスマスだから。リヨンの、おすすめの御菓子店のものなの」

にっこり、と羽鳥さんは笑う。俺はとりあえず受け取って、軽く頷いた。どうやら、焼き菓子が入っているらしい。女性が好みそうなデザインの紙袋に、やっと得心がいった。

「ありがとうございます、妻も喜びます」

誰かに俺が結婚したと聞いたのだろう、と思い告げた礼に、羽鳥さんは少し黙った。

その後、にっこり、と笑みを深めて。

「ご機嫌取りも大変ね、奥様の」

「……は？」

「須賀川長官のお嬢様ですって？　――政略結婚だなんて、貴方らしくない」

羽鳥さんの、ぱっちりとした大きな垂れ目がちの目は、なぜだか俺を非難している。

「政略結婚？」

「そうよ。そうに決まってる、そうじゃなきゃ」

「撤回をお願いします」

俺ははっきりと、そう告げた。

「なに？　撤回？」

はい、と頷く。

「少なくとも、俺は。妻に惚れ抜いて結婚しました」

「……へえ？」

「それから、ご機嫌取りというのも」

一拍置いてから、続ける。確かに、美保は笑っているほうがいい。でも、それは。

「……俺は妻の機嫌が良ければ嬉しいです。ですが、それは彼女が幸せそうだから嬉しいのであって。決して長官のお嬢様だから、なんかではありません」

「……そ」

羽鳥さんは小さく唇を噛んだ。イラついたときの癖。

「……ねえ修平くん」

「なんですか」

「アタシのこと、まだ赤いダリアみたいだって思ってくれてる？」

俺は意表を突かれて一瞬黙る。そんなこと言ったことがあったか？　記憶を探り、あれか、と合点した。学生時代だったか、あまりに他の人間のことを慮《おもんぱか》らないこの人に、腹の底から苛立ったことがある。――『あなたは赤いダァリヤだ』……ついそう言ってしまったことがある気がする。おそらく、なんの意図も伝わっていない気がするが。

「はい」

「そ、そう？」

頷いた。赤いダァリヤ。花の女王になろうとしている、哀《あわ》れな赤い花。羽鳥さんは、ほんの少し満足気に鼻を鳴らした。そうして、くるりと踵《きびす》を返す。

「じゃ、また」

それだけを告げて、羽鳥さんは部屋から出ていった。

「……なんだったんだ」

俺は手に持った、やたらと高級そうな焼き菓子に目をやる。菓子に罪はない、罪はないが――なんだか、食べる気がしなかった。

13　お正月

修平さんのご実家は、なんていうかとても「普通」のご家庭なんだと思う。

一月一日の、お昼前。私と修平さんは、修平さんのご実家に新年の挨拶に伺っていた。

「やぁ良く来てくれましたね」

「寒くなかった？」

お義父《とう》さんとお義母《かあ》さんはニコニコと私を出迎えてくれた。

ぺこり、と頭を下げる。

「あけましておめでとうございます」

「あ、そっちが先だ」

「そうよそう。あけましておめでとう」

修平さんのご実家は横浜《よこはま》の住宅街にある、普通の一軒家。ちなみに、ここにお伺いするのは二回目。結婚前のご挨拶のとき。……それで、この家で唯一普通じゃないのは……

「あけましておめでとうございます」が一気に降ってくる、ところだろうか。

彼らを見上げて、本当にそっくりな兄弟だなあ、なんて思いながら新年の挨拶を返す。

修平さんとこは、修平さんが長男の五人兄弟なのです。全員、男。社会人三人と、大学生、高校三年生ひとり。

「やっとウチに娘ができました」

そんな冗談を結婚式で言うくらいには、ついでにそれで爆笑がおきるくらいには、なんか威圧感がすごい兄弟。全員背が高くてコワモテ無愛想。

「……ほんとにね、どうなっちゃうのかと」

お義母《かあ》さんは私の前にお雑煮を置いてくれながら、ぽつりと笑った。割と広めのリビングでコタツに座らせてもらって、そんな会話をする。

「産んでも産んでも男の子でしょ？　いえ、可愛いのよ？　可愛いのよ？　でもね、ときどき……かわいー格好させたり、一緒にお買い物したりしたかったなぁって」

「したじゃないか」

横で「いただきます」と手を合わせ、お雑煮を食べ始めた修平さんはお義母《かあ》さんに向かって言う。

「買い物。散々手伝った。荷物持ち」

「そーいうんじゃない。そーいうんじゃないのよ修平」

ねえ、と水を向けられて、私は笑う。

「あは、なんとなくわかります」

「でしょう？　美保さん、この子とお出かけして楽しい？　仏頂面《ぶっちょうづら》でついてくるでしょ」

「ええと」

仏頂面《ぶっちょうづら》？　まぁ、仏頂面《ぶっちょうづら》に入るのかな？　常に真面目なカオはしているけれど。首を傾げた私に、お義母《かあ》さんは嬉しそうに笑った。

「なぁんだ、やっぱり奥さんの前ではデレデレしてるのアンタ。ヤダ、見たい」

「見なくていい」

淡々と修平さんは答えて――私もお雑煮の前で手を合わせた。

「いただきます」

美味しいお雑煮を頬張ったちょうどそのとき、お義父《とう》さんが何冊かアルバムを持ってきた。

「ほら、せっかくだから」

「……親父」

修平さんが少しむっとしてる。あれ、恥ずかしいんだろうか。小さい頃の修平さんを見られるのが。

「これ、生まれたとき」

生まれてすぐの修平さんが、白いおくるみに包まれてお義母《かあ》さんの腕の中。

「小さい！　可愛い！」

思わず叫ぶ。当たり前なんだけど、当たり前なんだけど、こんなに大きく育つんだなぁ。

修平さんはなんだかむず痒《がゆ》そうな顔をしていた。

……赤ちゃんできたら、こんな風なのかな？　修平さんに、似ていたら。

「ほら、これ幼稚園」

幼稚園の制服を着て、小さいのに無愛想な顔をしてる修平さんに、思わず噴き出す。

「お、おんなじ顔してる」

「でしょ？　この子、昔からこんなんで」

そんな話をして、私たちはアルバムで盛り上がって、修平さんは黙々とお雑煮とおせちを食べていた。あっという間に、時間は過ぎて。

「そろそろお暇《いとま》するか」

修平さんの言葉に頷く。ていうか、……ずっと食べてて、お腹ぱんぱんです。

「ごちそうさまでした。アルバムも楽しかったです」

小さい頃とか、学生服の修平さんとか超堪能でした。可愛かったな～。

「帰っちゃうの？　一応、晩ご飯も準備していたんだけれど」

お義母《かあ》さんが、ちょっと残念そうに眉を下げた。

え、準備してくれてたの!?　私はワタワタと修平さんを見る。修平さんは首を傾げた。

「いらないと言ったのに」

「でも〜、一緒のほうが楽しいし」

しゅんとしてるお義母《かあ》さんに、私は言う。

「じ、じゃあお夕飯までご一緒させてもらって」

「ほんと？　わ、嬉しい」

子供のように喜んでくれるお義母《かあ》さんに、少しほっとする。可愛い人だよな。

「すまん、美保。気疲れしてないか」

こっそりと修平さんは聞いてくれるけれど、そんなことまったくないので首を振る。

……ていうか、むしろこんなダラダラした嫁で大丈夫なのかな？　せめて少しでも手伝おう、と私はキッチンへ向かった。

ところで、修平さんはザルだ。お酒、いくら飲んでも全然大丈夫な人だと――そう思っていた。

「わたしの父がね、岩手《いわて》で漁師をしてて。もう引退したんだけど」

夕食の席、蟹鍋《かになべ》を頂きながら、お義母《かあ》さんの話を聞く。

「そのせいかな〜。ウチは皆お酒強いのよね。この人以外。あ、この子はまだわかんないか」

この人、っていうのはお義父《とう》さん。この子、っていうのは一番下の弟さん、純平《じゅんぺい》くん。まだ未成年。

「まぁでも、強いと言っても。修平は、わたしたちの中では一番弱いかな」

「……アンタたちの肝臓が異常なんだ」

修平さんは、珍しく、ほんと〜に珍しく、酔っ払ってしまったみたいだった。

「すまない、美保。帰るまでには酔いを覚ますから」

家まで、電車で一時間くらいだから、多少遅くなっても大丈夫だけれど。

「だ、大丈夫ですか？」

「油断した……」

修平さんが油断することなんてあるんだ！　って逆に胸キュンしちゃうから、私ほんとにもうベタ惚れしすぎ……

久々の実家だもんね。気も緩むよね。

私はつい笑ってしまう。修平さんはほんの少しだけ、眉を下げて――

修平さんの、知らない一面が垣間見えて個人的にはとっても楽しかった、そんなお正月なのでした。

14　デート（修平視点）

ガラス窓を隔《へだ》てて通りに面したその席で、ちらりと本に目をやっては、また目線を上げて——春風が吹き始めた人混みに美保を探す。街路樹の桜が、ほろほろと花びらを風に散らした。

妙な気分だ。一緒に住んでいるのに、わざわざ待ち合わせるなんて。……単に、美保が美容室を予約したのが今日の午前中だった、だから待ち合わせして一緒にでかけようと——それだけのことなのに。

結婚して、一緒に暮らしだしてもう半年以上経とうというのに、感情はまだ恋をしての子供のようで……そんな自分に、知らず苦笑を漏らす。

結婚する前の、デートの待ち合わせをふと、思い出した。今と、まったく大差ない。余裕ぶって本を読むフリをしながら、美保を待つ。大抵美保は約束より少し前に来て、申し訳なさそうに笑う。

『お待たせしましたか？』

そんな風に、首を傾《かし》げて。単に俺が楽しみすぎて、早く来すぎていただけなのに。

——と、ぽん、と肩を叩かれて振り向く。そこに立っていたのは予想外の懐かしい人物だった。

「よう修平、元気そうだな」

「……白河《しらかわ》先輩。ご無沙汰しております」

立ち上がって頭を下げた。大学のゼミのＯＢ……と、俺ももちろん今やＯＢなのだけれど。俺の学生時分ですでにOBだった先輩は、確か十歳ほど年上だったか。

「久しぶりだな。噂は聞いてるよ。偉くなったみたいだなぁ」

「いえ、そんな」

「あ、修平くん来てたんだ?」

白河さんの背後から、カツカツと高いヒールを響かせて歩いてきた女性に、思わず眉をひそめた。

「羽鳥、違うよ。修平はたまたま」

羽鳥さんはにこり、とその唇を上げた。

「どうせ暇なんでしょ? ほら先生が退官なさったから、お祝いの企画なんだけれど」

幹事アタシたちなの、と言われて「ああ」と頷く。ゼミでお世話になった教授が定年となり、OBOGでお祝いをしよう――と、そういえばそんな連絡もきていた。

「お疲れさまです」

「休みの日に、本を持ってカフェねぇ」

目を細めて、羽鳥さんはなぜだか嬉しそうに言った。

「家にいたくないの?」

くすくすと笑う。その笑い方に、少し苛立った。なにか含みのありそうな、その笑い方。

「いえ、妻と待ち合わせです。――今から、デートなので」

羽鳥さんはつまらなそうに眼を眇《すが》めた。

「ふうん。じゃあ、ここ来るんだ？　奥さん？」

「お、見たい見たい。修平がメロメロなところが見たい」

「メロメロ？」

いや、まぁ確かにメロメロではあるのだけれど。聞き返すと、白河さんが笑う。

「お前の同期連中から聞いてるよ。あの鮫川修平の初恋だとか」

「初恋？」

学生の間も、恋人はいたけれど——たしかに「初恋」かもしれないな、と思い返す。

美保と出会って、初めて「恋」が何かを知った。人を愛するという感情。心臓が痛むほどに、狂おしく誰かを求める。

「……上司のお嬢さんなんですってよ先輩。警察庁の長官の」

「へえ。じゃ、それ込みなの？」

白河さんの言葉に首を横に振る。

「抜きで好きです」

「まじか、ラブラブだなぁ」

楽しげな白河先輩と、鼻白んだ顔をしている羽鳥さんと。……なぜそんな顔をされなくてはいけないのだろうか。

「お、宮沢賢治。相変わらず好きだなぁ」

先輩は俺のテーブルにある文庫本に手を伸ばす。

「お前その顔でさ、銀河鉄道の夜で泣いてるのはズルいよ」

「いえ泣いてはいないのですが」

「泣かないの？　オレ泣くけど」

「涙腺が硬いんです」

「あっは、そういうの真面目に言うなよな」

先輩は笑う。

「でも、泣かない？　パトラッシュが死ぬところで」

「先輩それは話が違います」

銀河鉄道の夜に牛乳瓶を運ぶセント・バーナードは出てこない。

「ジョバンニとカムパネルラです」

「似てない？」

「似てません」

むっとした顔が面白かったのか、先輩はケタケタ笑う。羽鳥さんはその横で文庫本をぱらぱらとめくって、首を傾げた。

「こんな子供向けの本、いつまでも読んでちゃダメよ修平くん」

「……そうですか」

それだけ、返事をした。面白いんだと、感動するんだと、この人に言っても無駄なんだろう。学生時代から、この趣味は（なぜだか）この人からは全否定を受けていたし。

「修平くんに似合わないよ？」

そう言って——笑顔で。……別に、傷つきもしなかったけれど。

「……ヤダ、電話」

羽鳥さんがイラついたようにスマホを取り出す。

「なにかしら。課長よ」

羽鳥さんはわざわざスマホを俺に見せつけてから、ヒールの音高らかにカフェを出ていく。それを横目で見ながら、白河先輩は肩をすくめた。

「相変わらずだよな、羽鳥も。……お前も」

言葉の意味を捉《とら》えかねている俺に白河先輩は苦笑いして、ふ、と目線を俺の背後に。

「そういや、そちら、奥さん？」

白河先輩が指差すガラス窓の向こうに目線を移す。美保が困ったように笑っていた。

春らしく、少し短めに切った髪。慌てて「おいで」と店の中に来るように頷いてみせた。

多分、俺が白河先輩と話していたから遠慮したんだろうと思う。……なんとなく、羽鳥さんと一緒のところでなくて良かった、と思う。あの人は苛烈《かれつ》だからあまり会わせたくない。

カフェに入ってきた美保は、少し短くなった髪をさらりとなびかせながら先輩に挨拶をする。

「主人がいつもお世話になっております」

先輩が俺を見て妙な顔をしていた。俺がものすごーく眉間にシワを寄せたから。なんというか、胸にぐっときたのだった。俺は美保の「夫」なんだと――こんななんでもない台詞《せりふ》で感動して。

「……ま、夫婦仲がものすごく良さそうでなによりだよ」

先輩の言葉に、美保は首を傾げた。

15　デートの帰り道

別に、修平さんからしたらデートってわけじゃないんだろうな、と私は思う。でも、私は――美容室で「これからデートなんです」なんて、思い切り口を滑らせた。どきどきしすぎていたんだと思う。それを聞いた美容師さんは、やたらと気合いをいれて髪をセットしてくれた。なんならメイクまで少しなおしてくれた彼女の「頑張ってくださいね！」って言葉に、頷いてお店をでたけれど――果たして、何を頑張るのやら。そんなことを思い返しながら、私は修平さんを見上げた。

「……遅くなってしまったな」

修平さんが空に目線をやって、目を細めた。すっかり空は夕焼け色。ランチして、少しお散歩してから買い物していたら、あっという間にこんな時間になってしまっていた。

「ですねぇ」

私は、ほんの少しだけ（ばれない程度に！）繋いだ手に力をこめた。でも、すぐに強く握り返されて――バレた⁉ って赤くなると同時に、胸がきゅんとする。握り返してくれたって――そんな風に思って、胸がどきどきする。それを誤魔化すように、私は微笑んで修平さんを見上げた。

「晩ご飯、何がいいですか？」

「君の作るものなら、なんでも」

「何でもが一番困るんですよ」

軽く文句を言うと、修平さんは真剣な顔で悩み始めた。思わず笑ってしまう。不思議そうな顔をして私を見ている修平さんが、愛おしくて仕方ない。二人で並んで駅へ向かいながら、ぽつりと修平さんが口を開く。

「一緒に住んでいる、とは幸せなことだな」

穏やかな表情が、夕陽に照らされて――

「さようならを、しなくていい」

思わず目を瞬く。

「あ、いや……」

修平さんは目線を散らす。それから、眉間に少しだけ力をこめて、私を見た。

「結婚前、エレベーターで。君と別れるのが、少しだけ……寂しかった」

私はきょとんと修平さんを見つめる。

……結構、別れ際も淡々としてたと思っていたけれど。

同じマンションだから、デートの帰りは必然同じになった。

今思えば、その待ち合わせだってエントランスとかで良かったのに。わざわざ外で待ち合わせしていたのは、少し面白い。

……でも「少しだけ寂しかった」かぁ。

その言葉には、どんな感情が含まれているんだろう？

「私も」

ぽつりと言葉を返す。ものすごく照れるけれど、でも……寂しく思ってくれていたのが、とても嬉しい。

「同じお家に帰れるの、嬉しい、んですよ？」

「……そう、か」

そう言って前を向く修平さんの声が、なんだかいつもより甘かったような気がするのは、……気のせいでしょうか。夕日で、まだ白い桜がオレンジがかった色合いに輝いて――

「夜桜も、綺麗でしょうね」

思わず口をついたその言葉に、修平さんは軽く頷く。

「……確か、明日からライトアップだそうだ」

修平さんは有名な公園の名前を挙げた。

「行ってみるか」

「……はい！」

同じ家に帰れるのも嬉しいけれど――デートが続くことも、うきうきと嬉しい。小さなことが、とても嬉しくて仕方ない。修平さんと夫婦でいられることが、とってもとっても幸せで仕方ない。

そんな訳で、私はその翌日の、月曜日。お昼までニマニマと機嫌よく過ごして――

「あれ、お弁当なんだ」

お昼休み。パソコンのディスプレイの向こう、小野くんが手作りっぽいお弁当をもぐもぐと咀嚼《そしゃく》していた。

「おう」

「ふうん」

ついに彼女でもできたかな、と私はほっこり笑う。新しい彼女さんは泣かせちゃダメだよー、とか言いそうになってやめた。元カノからの謎上目線アドバイスっぽく受け取られそうだし、第一、もう昔の話だし。

「……自分で作ったんだよ」

私は驚いて、卵焼き（修平さんが作ってくれた）をぽろりと取り落とす。ご飯の上だったから良かった。

「なんだよ」

「え、だって。えー」

炊飯器のボタン押すのすら、億劫《おっくう》がってた小野くんが⁉

「お弁当、作るの男の人の中で流行ってるの？　私のお弁当、今日、彼の手作りだから」

旦那、っていうのもなんか恥ずかしい。そのうち慣れるのかなぁ。

「……そーなんか」

「うん。まぁ割と料理する人だけど」

ふつうに手際良いし、料理してるところ、かっこいいんだよなあ。

「あのさ……悪かったよ」

「へ⁉」

私はまたびっくりして聞き返す。な、何が？

「メシ、……最近自炊してんだ。やっとわかった。疲れてんのにメシ作るの、キッいんだな」

毎日ってシンドイな、と小野くんは続けた。

「……どしたの？　変なもの食べた？」

「まぁ、……うん」

「でもさ。小野くんの彼女さん、幸せだね」

「……かな」

「見つかった？」

間髪《かんはつ》をいれず、小野くんが頷く。へえ！

「まだ、片思いだけど」

お顔良いんだからさっさと告白すればいいのに、なんて思う。顔面良いのは羨《うらや》ましいよ。

小野くんはぽつりと続けた。

「今度は。家事をひとりでさせないし……ちゃんとクリスマスもバレンタインも誕生日も、イベントする」

「えー！」

小野くんが。あの小野くんが⁉　わあ、そう思わせるだけの人なんだ。やっぱ、私じゃダメだったんだろうなぁ。

「うまくいくといいね」

「サンキュ」

小野くんはお弁当を黙々と食べながら、そう返事をした。

「そういや午後の営業……美保も来る？」

私は目を瞬く。私は今や単なるアシスタントで、現場にまで顔は出さない。ぱっとスケジュールに目をやる。今日の午後は……あ。

「警察庁」

「別に親父さんがどーのじゃなくてさ」

小野くんは淡々と言う。

「今回のは、美保の功績がデカいと思うから」

ウチの会社、この部署は法人向けなんだけど、その中には官公庁相手の仕事も入ってて。たまたま警察庁との取引に小野くんが抜擢されて（最近頑張ってるからね）あとは判《はん》子《こ》をもらうだけ——の状態。

「え、ほぼ小野くんが」

「……美保がいなきゃできなかった。資料も問答集も完璧だった」

頭を下げられて、私はワタワタと手を振る。

「そ、そんなこと」

「判子《はんこ》もらうのは一緒に行こうぜ。お祝いに、カフェラテで乾杯しよう。奢《おご》るから」

思わず笑う。別れて随分経つし、付き合っている間も私に興味なんかなさそうだった小野くんだけれど——私が新作カフェラテを毎回チェックしてたことくらいは、記憶にあるらしい。

「公園とこのカフェ。……桜も綺麗だろうし」

桜の下で祝杯か。カフェラテだけれど、うん、悪くないのかもね。私は残りの仕事量を確認しながら頷いた。……実のところ半分くらいは、警察庁行ってみたいってのもあった。だって、修平さんの職場！　今は署長さんしてるけれど、いずれは戻るのだろうから。

……お父さんに会わないといいけれど。父親に仕事してるの見られるのは、うん、なんか恥ずかしいですからね……

そうして、警察庁に緊張しながら足を踏み入れて——私は固まっていた。

……まさか、こんなことになるなんて。

「ですから、課長。こちらと契約を結ぶのは大、大、大反対です」

目の前にいるのは、契約相手（な予定）の警備局の課長さんと、その補佐代理とかいう……あの、駅でちょっと揉めたセクシーさん。羽鳥さん、というみたいだけれど、唐突に応接室に乱入してきて書類をぱんぱん叩きながら、うん、とっても怒っている。

「羽鳥くん？　けれどね、もうこれは上の決裁も下りていて」

「関係ありませんわ、考え直してください」

「いや考え直すとかではなくて。あー、せめて理由を答えてくれないかね」

「補佐であるわたしがまだ契約内容を精査していないからです」

そう言いながら、きっと私を睨みつける。うう、なんか根にもたれてる……

「いや、これは君が帰国する前から……っと、長官⁉」

課長さんのその声に、ばっと振り向く。

あっ、と思わず小さく声が漏れた――お父さん！

「いや、その、うん、ほら娘が」

「娘……？」

課長さんと羽鳥さんの視線が私に向く。私は苦笑いして頭を下げた。

「さ、鮫川さん！　長官のお嬢さん⁉」

「あ、はぁ、実は……」

「早く言ってくださいよ！　こら羽鳥くんなにしてるんだ、お茶！　誰かに伝えて、お茶淹《い》れなおさせて！」

その言葉を無視して、なかば呆然と羽鳥さんは私を見つめる。

「……？」

「ああ、てことは鮫川くんの奥さんなのか」

「あ、すみません、ご挨拶が」

ハッとして頭を下げた。

「主人がいつもお世話に」

「いやいや彼はとても優秀でね！」

「あの、わざと黙っていたわけでは」

「わかってますよ、気を使わせてしまいましたね」

課長さんは笑ってくれているけれど——別方向から、視線が痛い。その視線の発信源である羽鳥さんは、ぐ、と唇を噛みしめていた。思わず鳥肌が立つ、それほどに強い視線。

「……あの」

つい、と無視をするように羽鳥さんは去っていった。いつの間にやら、お父さんの姿もない。

——ほんとにもう！

「すみません」

恐縮して、課長さんは言う。

「羽鳥にはよく指導しておきますから」

「い、いえいえ」

私は苦笑いして手を振る。大事なのは契約書に判子（はんこ）をもらうことで、……あの苛烈《かれつ》なセクシーさんが、まさか修平さんの同僚だとは思わなかった。修平さんに迷惑がかからないといいけれど……。いちおう伝えておこうと、小野くんが契約書に判子《はんこ》をもらうのを眺めながら思う。

それから庁舎を出るときに——なんだか堂々と、羽鳥さんは立っていた。そうして嘲《あざけ》るように口を開く。腕を組んで、堂々とした態度で。

「いいわねぇ、七光さんは！」

「七光……？」

「ええ、そうよ。親のコネで契約もらってー？　親のコネで就職とかもしたのお？」

「ち、ちが」

「親のコネで」

羽鳥さんの顔が歪む。

「結婚だってしたのかしら〜？」

私は思わず固まった。親の、コネで。——否定、できない。喉が詰まったみたいに、息ができない。お父さんの七光で、修平さんは私といてくれている——

「あーあ、羨《うらや》ましい！　いいわねぇ人生楽勝モード？」

「あんたさ」

口を挟んだのは、小野くんだった。

「は？　なによ」

「あんた、美保の何知ってんだよ」

「小野くん？」

慌てて見上げる先で、——小野くんは本気で怒ってた。

「今回の契約も。どの仕事だって、コイツは手なんか抜いたことねぇよ」

「は？　なによアンタ」

「……上司だよ、いちおうな」

ぽかんと聞く。あ、そっか。いちおう小野くんって上司なんだった。

「コネだコネだっつーけどな。こいつが親の名前出したとこなんか見たことねぇよ」

羽鳥さんの顔が苛つきに歪むのを見ながら、小野くんは私の腕を掴む。

「行くぞ、美保」

「え、あ、うん」

引きずられるようにされながら、私は慌てて建物を出た。しばらくして、ぱっと腕を放される。

「あの、小野くん」

「……ごめん」

小野くんは困り顔で、謝ってくる。

「お前の旦那の同僚かなんかなのに、……ついカッとして。喧嘩《けんか》売って」

「いや、ううん、ごめん」

私は首を振る。

「なんか、こっちこそ巻き込んでごめんねー？」

眉を下げて謝ると、小野くんはぐっと言葉に詰まる。

「……お前が、そんなだから」

「え？」

「俺は……」

なんだかわからなくて、黙り込む。ざあ、と風が吹いて、満開の桜の枝が揺れた。

「……あ、カフェラテ」

私は笑う。

「奢《おご》ってくれるって言ってたよ」

「……そうだったな」

小野くんがさっさと歩き出して、私はその少しうしろを歩いた。

16　夜桜を観に行く日、の夕方（修平視点）

羽鳥さんからの着信に、俺はうんざりとスマホを見つめた。今日は早めに切り上げよう（何せ約束がある）、と書類をまとめた夕方のこと。また何か文句でもあるんだろうか。……仕事の話の可能性もある。軽くため息をつきながら、俺は画面をスライドして電話に出る。

「もしもし」

『あら修平くん。いま大丈夫かしら』

「……ご用件を簡潔にお願いします」

淡々と、少し早口に。言外に、俺は忙しいんだと……まぁ、羽鳥さんに伝わるかは不明だ。自分以外の人間の感情に、恐ろしく疎《うと》い人だから。

『貴方の奥さんのこと！』

楽しげに、羽鳥さんは言う。

「美保の？」

『そう！　あのね、貴方の奥さん！　浮気してるわよ。会社の上司と！　今日ね、腕組んで歩いてるの見たの！』

無言になった俺に、羽鳥さんは更に一気に続けた。

『名前だって呼んでたわ。美保、って下の名前で』

「……そうですか」

苛つきを押し隠して、俺はそう低く告げる。

「ほかには何か？」

『いえ……あまり動揺してないのね？』

やっぱり嬉しそうに、羽鳥さんは言う。下世話な人間だな、と率直に思った。

「はぁ。ほかに用件がないのなら失礼します」

『……ふふ、また飲みましょう』

「では」

タップして電話を切って、吐き捨てるように呟く。

「下らない」

なんの嫌がらせだ？　美保が、そんなこと。……そう思って、ふと思い出す。——あのスウェット。結婚するどころか、見合いもまだだった頃。変質者が出て、美保がひどく怯えて。俺が美保の部屋に泊まったあのとき借りた、あのスウェット。元彼のスウェット。

熾火《おきび》のようになにかがざわつく。どんな奴だったのだろう。どんなふうに美保と過ごしていたんだろう。あの部屋で。どんな関係性だったのか。どこの、誰だったのか。

そんな感情も、美保を見つけてふと落ち着く。

「あ、お疲れさまです」

待ち合わせをしていた駅で、美保は俺を見るなり嬉しげに駆け寄ってくる。

「待たせただろうか」

「いえ、全然。さっきまでカフェでのんびりしてました」

美保が見せたのは、宮沢賢治の文庫本。俺も微笑む。

『雪渡り』か」

「そです。私、あれすきで」

キックキック、と少し登場人物の真似《まね》をする美保が好ましい。つい目を細める俺と、しゅんと恥ずかしがる美保と。

「すみません、ついテンションが」

「夜桜好きなのか」

「……っ、ええ」

美保は俺を見上げて柔らかく笑う。

「好き、です」

美保が何かを「好き」と言うたびに、心臓がぎゅっとなる。俺のことならいいのに。

違うのにな。

でも最近、なんとなく、思う。美保は俺のことを――

「修平さん？　お疲れですか？」

不思議そうに、美保は首を傾げた。そうっと、美保の手を取る。

「大丈夫だ。行こうか」

手を繋ぐと、美保は少し照れたように頷く。それが可愛くて、自分の目に録画機能がないことが悔やまれた。何回も再生《リピート》したい可愛らしさ。

目的の公園に着くと、まだ夜も浅いのに酔客でごった返していた。木々の間を抜ける、紅白の提灯《ちょうちん》。それに照らされた、ぼんやりと白い満開の桜。

「綺麗ですねぇ」

美保のノンビリとした一言に、うん、と頷いた。少しだけ人がまばらな場所で、手を繋いでのんびりと歩く。並ぶ屋台で、缶ビールを二本、買い求めた。かしゅりと開くプルトップ。ごくごく、と美保は思い切りよくビールを飲む。

「美味し！　もうなんか色々忘れそう！」

「どうした？　なにかあったのか」

尋ねると、美保は少し困ったような顔をする。それから「……謝らなきゃいけないことが」と小さく呟いた。俺の心臓がはねる。蘇《よみがえ》るのは、羽鳥さんの『浮気してるわよ』

の言葉――

「今日、仕事で警察庁へ行ったんです。で、そこで、女性の職員の方とトラブルになりまして」

美保はちびちびとビールを飲みながら、今日の出来事を教えてくれる。羽鳥さんとのトラブル。その話を聞いて、俺はほうと息を吐いた。なるほど、その腹いせで、適当なことを俺に吹聴《ふいちょう》してきたわけか。ぐい、とビールをあおる。やっぱり下らない内容だった。

「……それで、修平さんがその方とトラブルになりはしないかと」

「大丈夫だ、元から嫌われている。昔から突っかかってくる人で」

そりが合わないいんだろうなぁ、とは思う。

「大学が同じだったんだが、俺が宮沢賢治を読んでいるとチクチク嫌味を言ってきたり、服装が気に入らないだの髪型がどうだのとうるさく言ってきたりする人だった」

「……はー」

美保はびっくりしたように俺を見る。

「修平さんが人をそんな風に言うなんて」

「俺が？　結構好き嫌いがあるぞ。特にあの人は、苛烈《かれつ》だから……赤いダァリヤのように」

美保も苦笑した。

「わかりました……女王様気質なんですね」

「まぁ、そんな感じだ」

ぐい、とビールを飲み終わる。ゴミ箱を目にするが、すでに満杯。少し迷っていると、美保が鞄からビニール袋を取り出した。

「持って帰りましょう」

もういっぱいですから、と笑う。

「わざわざ持ってきたのか？」

「たまたまですけど」

その辺に捨てておきましょう、じゃないところが美保らしくて、俺はなんだかこれくらいのことで、この人に惚れ直してしまう。……実のところ、毎日惚れ直してしまっているのだけれど。

「写真、撮りましょうか」

美保は嬉しげにスマホを取り出す。にこりと笑う美保に、軽く頷きつつも、少し照れてしまう。美保がインカメラを起動してくれるものの、少し苦戦している。

「あー、灯りがあるから桜がうまく入らない～」

「やってみようか」

俺がそう美保に言ったとき、背後から声をかけられた。

「み……須賀川」

　振り向いた先にいたのは、スーツ姿の男だった。年齢は美保と同じくらいで、背丈が俺と変わらないくらいだった。日本人にしてはかなり高い部類に入るだろう。スーツのサイズは違うだろうが（目の前の彼は、かなり細身のようだった）けれどスウェットならば……同じサイズを選ぶだろう、そんな体格。心臓の奥の、消えたはずの熾火《おきび》がじわりと熱くなる。

「あれ、小野くん」

「あー、旦那さん？」

　美保は俺に微笑みかけた。

「会社の上司で、小野さんです」

「どうも、小野です」

　整った顔で、人懐こく笑みを浮かべて彼は会釈《えしゃく》をしてくれる。上司。――羽鳥さんの言葉を脳内で打ち消す。馬鹿な。――いま、鮫川ではなく須賀川と呼んだか？　美保の旧姓。そもそも最初、美保、と呼ぼうとしていなかったか？　俺も軽く頭を下げながら、はっきりと口にした。

「家内が世話になって」

「いえ、よく仕事ができる人なのでオレも助かってます」

元々同期で、と小野さんが言う。ざわりと熾火《おきび》が揺れる。

「なにしてるの？」

「取引先と花見」

「まじかあ。おつかれさまです」

「……おう。つか、写真撮ろうとしてた？　撮ろうか、オレ」

美保に向けて手を差し出す。美保もなんのてらいもなく、彼にスマホを渡した。画面が暗くなっている、それ。

「いいの？　お願いしようかな」

「おう。じゃ、ハイチーズで」

小野さんは美保のスマホをスライドさせて、迷いなく暗証番号を打ち込んだ。美保のスマホは国内メーカーのもので、少しマイナーな機種。カメラ起動のためでも、暗証番号の入力が必要だ。その番号を、小野さんは美保に聞くことなく打ち込んだ。

「ハイチーズ」

俺は、どんな顔をして写真に写っていたんだろうか？　どんな会話をしたんだろう。

どんな風に帰宅したのか――どさりとリビングのソファに腰掛けた俺に、美保は気遣わしげに声をかける。

「やっぱり疲れてますか？　お風呂入れます？」

俺の顔を覗《のぞ》き込み、眉を下げる美保。

「熱はないみたい」

少し冷たい手が、俺の額《ひたい》に添えられた。柔らかな視線が俺に向けられる。心底俺を気遣っているのがわかる、その目線。

「……美保」

掠れた声だった。ものすごくダサい。格好悪い、声だった。

「正直に、言って欲しい」

そのほっそりとした手首を掴む。

「君は……ほかに、好きな人がいるのか？」

美保はぽかん、と俺を見つめる。

「……あの？」

「単刀直入に聞く。あの会社の上司と君はどんな関係だ」

美保の顔が、みるみる青ざめていく。

「あ、の。隠してるつもりじゃ、だって、随分前に別れて」

随分前に？　じゃあなんでスマホの暗証番号を知っている？

「今日、彼と警察庁へ行った？」

「は、はい。でも」

「腕を組んで歩いた?」

美保の目が揺らぐ。

「腕を組んだってわけじゃ……だ、誰に」

「美保」

心臓が痛い。こんなに痛いなら、止まってしまったほうがいい。

「君は、まだ彼が好きなのか」

美保が目を見開く。その目が、潤んで——手首を掴む手を、振り払われた。

美保が立ち上がる。

……力が抜けた。こんな悋気《りんき》を起こさなければ、彼女はそばにいてくれたのに。なにが、好きになってくれたかも、だ。そんなの俺の思い上がりだ。全部、全部——彼女は、父親に言われたから俺と添った。見合い写真も、釣書も、なにも見ずにあそこへ来た。俺が緊張して、心臓が飛び出そうになっていたあの見合いの席で、美保はなにを考えていたんだろう。

あの男のことだったのか。辛かった、だろうな。俺に抱かれている間、あいつのことを考えていたんだろうか。

「……私が」

低い声だった。初めて聞く、美保の声。

「私が！」

胸ぐらを掴まれた。呆然と美保を見る。本気で怒っている顔、震える声。

「私が、そんな女に見えますか!? そんな女だと思っていたんですか!? ほ、ほかに好きな人がいるような、そんな……っ、で」

ぼたぼたと、美保の優しい目から涙が溢れる。

「あなたに、抱かれて……、る、ような……っ」

美保の手から、力が抜けた。

「そんな、女だと……思われて」

ラグの上に、へたり込む。

「……いたんですね……」

俯《うつむ》いた顔から、涙がぼろぼろと落ちて行く。ラグに、濃い染みができていく。

「美保」

慌ててそばに寄って、その肩に触れようとして、振り払われた。

「触らないで」

きっと睨まれる。

「美保」

「触らないで！」

叫ぶ美保を、無理矢理抱きしめる。ぎゅうっと腕に仕舞い込んで、腰と頭に手を回して、自分に押し付けるように抱きしめる。

「やだ、はなして、はなして」

「美保、すまない、違う、ほんとうに」

なにがすまない、だ。自分に呆れた。美保の涙。不貞を疑われて、きっと自尊心が傷ついて——そんな女《ひと》じゃないことくらい、知っていたのに、わかっていたのに！

「すまない……っ、その。彼が……美保のスマホの暗証番号を、知っていたものだから」

美保がぴたりと固まる。そうして、しばらく黙ったあとに、俺にスマホを押し付けてきた。

「暗証番号……誕生日、です」

「君の」

「……修平さん、の」

美保は俯《うつむ》いたまま。俺は震える手で、自分の誕生日を入力して——ぐるぐると思考が回って酔いそうになる。下らない嫉妬《しっと》で、悋気《りんき》で、彼女を怒らせて、傷つけて——

ああ、どうか、それでも。せめて、他に想う人がいないのならば。

「傷つけて、すまない——本当に、君を疑った自分を恥じる」

「……」

「だから、それでも、そんな俺でも、もうこんなことはしないと誓うから」

抱きしめる腕に、力を込める。

「これからも側に」

「……修平さん？」

美保の、驚いたような声。俺の腕の中から、俺を見上げて、目を丸くして。

「泣いてるんですか？」

言われて、手を頬にやる。濡れた頬。

「どうやらそうらしい」

「え、修平さん、泣くんですね」

少し緩んだ腕の中から、美保は手を伸ばす。そうして、その涙を指で拭う。

「びっくりです」

「俺もだ」

そうっと美保の手を握る。もう、抵抗されなかった。

「いつ以来だろうか。記憶にある限り、幼稚園あたりか」

「え、嘘。卒業式とかは？」

「特に」

「えー！」

くすくすと美保が笑う。擽《くすぐ》るように、楽しげに。

「じゃあ超レアですね」

「そうなるな」

「珍しいもの見たから、許してあげます……私も悪かったから」

美保はしゅんとして、俺にきゅっと抱きつく。

「元カレと一緒に仕事してるの、黙っててごめんなさい」

小さく、頷いた。正直、複雑ではあるけれど……美保の態度からして、復縁の可能性はない。相手はどうだか知らないが。心底の熾火《おきび》がゆらりと揺れる。

「でも、それは。さっきも言いましたけど、お見合いする一年前にはもう別れてて、単なる同僚の関係で」

美保の、俺に抱きつく手に力が入る。

「……私たち、やっぱりお互いのこと、知らなすぎますね？」

過去の恋バナとかしちゃいます？　と眉を下げる美保を、抱きしめ直す。そうして、その首筋に唇を落として。

「……っ」

不思議そうな美保につけた小さなキスマークは、宣戦布告の証《あかし》。

17 梅雨時

ここ数日、雨が降り続いている。はやく梅雨が明けないかな、そんなふうに過ごしてるもうすぐ七月、な時期の土曜日のこと。

「今日って、修平さん飲み会でしたね？」

しとしとと窓の外がけぶる朝食の席、向かいに座る修平さんにコーヒーを渡しながらそう聞いてみた。修平さんは、淡々と頷く。

「二次会で帰宅する予定なので、そう遅くはならない」

「え、そうなんですか？　大学の先生の退官のお祝いじゃ」

「どうせ先生も一次会で帰宅されると思う。それに」

修平さんはほんの少し、眉を曇らせた。

「……幹事が羽鳥さんだからな。そう長居したいものでもない」

「なるほどです」

頷きながら思う。先輩で同期って、仲が良いなら気が置けなくていいと思うけど……修平さんの話だとお互い苦手っぽいからなぁ。

「美保も外食だったか？」

頷いた。今日は八重と晩ご飯。

「八重……友達オススメの夜カフェがあるらしくて、そこでのんびりしようかなって」

「そうか。ゆっくりしてくるといい」

「あ、そういう訳にもいかず」

駅まで迎えに行くぞ、って言ってくれる修平さんに、軽く苦笑い。

「姪っ子さんと、明日遊園地に行くらしいのです。なので、あまり遅くまでは」

早起きして開園の列に並ぶらしいから、あまり無理はさせられない。

「そうか。ちなみに」

修平さんはコーヒーに口をつけて、少しだけ口元を緩めた。あ、美味しかったかな？

豆、変えたんだよね～。お気に召してもらったようで、良かったです。

「……うまい。美保はコーヒーを淹《い》れるのが上手だ」

「機械ですよ」

全部機械がやってくれます……と。

「それより修平さん、何か聞きかけてました？」

「ああ。場所を聞こうと」

修平さんは目を細めた。

「なんだったら、帰りは一緒に帰らないか。どこかで飲み直してもいい」

「あ、じゃあ修平さんの一次会が終わる時間に合わせます」

カフェの最寄駅を伝えると、修平さんは頷く。退官記念の飲み会（ていうか、パーティーだよね）があるホテルは、たまたま同じ駅。そこの直結のホテルらしかった。

「では終わる頃、駅あたりで。あのあたりは良い酒を出す店も結構あるはずだ」

夜デートだ、わぁい！　そんなことを思いながら、ふ、と誰かと行ったことあるのかなあ、なんて思ったりも、する。

「美保」

「はい？」

「先輩らに連れていかれた店だ」

修平さんは相変わらずの無愛想。……でも、私の不安というか嫉妬《しっと》みたいなのは読み取ってくれたみたいで、っていうかバレバレでしたか顔に出てましたか！

そのあと、お昼頃。修平さんは「なぜだか準備に駆り出されている」と渋い顔をして家を出ていく。いつもと違うスーツだし、ベストも着てるから少し雰囲気違う。カフスボタンも上品。着こなすなぁ。写真撮りたい、なんて言ったら気持ち悪いかな？　うう、我慢。軽く、唇を重ねて、いってらっしゃい、をして。いつもと違うのは、ぎゅうっと抱きしめられたこと。

「修平さん？」

「羽鳥さんの嫌味に耐えるための癒しを補給中だ」

癒し？　癒しになってます？　ていうか、そんなに苦手意識あるのか。ほんとに珍しいや。……ま、性格合わなさそうだもんなー。

夕方頃に、私も家を出る。電車に乗って、待ち合わせのカフェまで。

「あ、美保。こっちこっち、お疲れ～」

八重は相変わらずの美人さんで、きらきらしてて少し眩《まぶ》しい。顔小さくて、おっぱい大きくて、腰は細くて脚が長い！　羨《うらや》ましいよ、もう。ふたりしてソファ席に通されて、メニューを肩寄せあって眺める。

「あ、モスコミュールおいしそ」

「ミモザも綺麗」

「見てこのアイス」

食べ物より先に、お酒とデザートに目がいってしまうのは、私も八重も同じ。

つい、ね。ついつい、ね。とはいえ、ちゃんと晩ご飯的なのも注文して、カクテルで乾杯。

「で、どうなのダンナとは」

八重の質問に、少し返答をためらう。……最近、思っていること。ああでも、自意識過剰？

「なに、どうしたの」

「あのねぇ……もしかしたら、修平さん、その」

もしかしたら、なんだけど。そう言いながら、私は目線をうろうろ。

「旦那さん？　どうしたの？」

「もしかしたら、もしかしたら、なんだけど」

ああもう、この際だ、言ってしまえ！

「修平さん、私のこと、……好きでいてくれたりするのかな」

八重はぽかんとした。

「……えっ、と。最近、冷たいとか？」

「あ、ううん！　そんなことないよ。すごい優しい。そ、その、大事にしてくれてるし、形だけじゃなくて、大切にされてるなぁって」

八重は変な顔をしてる。

「でもほんとはわかってるの。変な言い方だけれど、政略結婚みたいなものだって」

「……ん？」

「だから大切にされてるし……そもそも釣り合わな――」

「ストップストップ、どうした美保」

八重は不思議そう。

「お互い好きなんでしょ？　だから結婚したんだよね？」

思わず息を呑む。好っ、好き⁉　好きだなんて！

「何真っ赤になってんの？」

「いや、だ、だって……」

もにょもにょと口籠《くちご》もる私に、八重は眉をひそめた。

「聞けばいいじゃん。てか、言えばいいじゃん好きって。新婚さんなんだし」

「い、言ってどうするの？　好きです、……で、そのあとは？　……付き合ってください、でもないし、それどころかもう結婚しちゃってるし！　どん詰まりなの」

「詰まってないっつの」

「つ、詰まってるよ！　それで修平さん、困っちゃったらどうするの？　気まずいよ！」

「う〜ん、アンタたちは本当に面倒くさいッ。結婚式であんだけいちゃいちゃ見せつけといて、今更すぎっ」

結婚式？　私は首を傾げた——至って普通の式だった、ような……。とりあえず飲め！　って言われて、私は言われるがままにモヒートをごくごく。お酒の中で、ミントが揺れた。

「アンタなんだかんだでお酒強いよね？」

八重は少し、とろん。この見た目でそこまでお酒強くないのが、またギャップで可愛いんだよなぁ。いいなぁ。

「ワイン以外ではそこまで酔わないかな」

八重の明日のことも考えて、お酒はそのあと控えめにして解散して――そうして、私は修平さんと待ち合わせしている駅前のカフェに向かった。

窓際の席で、コーヒーを頼んでぼうっとしてると、とん、と肩をたたかれた。振り向くと、そこにいたのは小野くんだった。なぜか、きっちりとスーツを着込んで。

「あれ？　どしたの」

「さっきまで、友達の結婚式。二次会も同じホテルであって」

そう言って、引き出物が入った紙袋を見せてくる。少し重そう。カフェで酔い覚ましてから帰ろうとして、窓ガラス越しに私を発見したらしい。小野くんもコーヒー頼んでたみたいで、それ片手に横に座ってくる。困った顔の私に、小野くんは不思議そうに首を傾げた。

「あの……待ち合わせ、してて」

「あー……ダンナ？」

小野くんは、目を細めた。

「あのさ、美保。多分ダンナ、来ないよ」

その言葉に虚を突かれぽかんとした私に、小野くんは続けた。

「さっき、やたらと美人なネーチャン連れて二人でエレベーターに乗るところ見た。腕組んで」

「……は？」

「あのホテルの」

窓ガラス越しに見えるのは、修平さんが今日行ってるはずの、あのホテル。ぼうっと見上げる。

修平さんが？

ぶぶぶ、とテーブルに置いていたスマホが震えた。ディスプレイに表示された着信の相手は、修平さん、だった。

18　罠《わな》（修平視点）

ホテルの宴会場、その壇上で、羽鳥さんから教授に贈られた花束。それは、立派なダリアの花束だった。白のダリアに、差し色のように赤が含まれて。

「あいつ、性格は泥沼だけど、こういうのはソツなくこなすよなぁ」

横で拍手していた白河先輩がボソリと呟いて、俺も苦笑する。こういう、自分が目立って中心になることとなると、異常に張り切る人だから。……そういう人も、必要なのだろうけれど。

そっと嘆息《たんそく》する。感謝とともに、もう少し付き合いやすい人柄だったら、いい先輩、いい同僚としてもう少し気安い関係であったかもしれないのに、などと思う。自分の組織でのあり方について、相談できるような。——まぁ、到底無理だな。同僚だというのに、恐ろしいほどに性格が合わない。

「……白河先輩は」

ぽつり、と口を開く。先輩は不思議そうに俺を見た。

「転職したいと、考えたことはありますか」

「いや、ないけど……辞めんの？」

首を横に振った。辞めるという選択肢は……もう、俺の中にない。ないはずだ。それは……美保を失いかねないから。ただ、ここへ向かう地下鉄で見た広告が脳裏から離れない。もちろん署にも貼ってあるポスター。

『警察官募集！』

募集要項の制限年齢。あと数年でそのリミットがくる。今のような、警察庁警察官ではなく、地方公務員としての……普通の「お巡りさん」。子供だった俺に、敬礼をして笑いかけてくれたあの人。

『よく頑張ったな、坊主』

東北なまりのその言葉――を、断ち切るように俺は言う。

「辞めるつもりは、……ないのですが」

白河先輩は、ふうん、とだけ言って壇上に目線を戻した。

やがてパーティーはお開きとなり、二次会に向かう人々と、そのまま帰る人たちになんとなくわかれる。他の会場では、結婚式の二次会が行われていたようで、景品を持って楽しげに笑う人たちの姿もちらほら見えた。

「さ、鮫川くーん」

困ったように、俺を呼ぶ女性の先輩の声。

「ごめん、清美《きよみ》がさ、すっごい酔ってて。鮫川くんじゃなきゃヤダってダダこねてんだけど」

一瞬、誰のことかとぽかんとしたあと、ああ羽鳥さんか、と思い出す。羽鳥清美。

「悪いんだけど、タクシー突っ込んでくれる？」

そう嘆願《たんがん》されて俺は頷いた。本気で困っていたようだったから。

ソファでぐったりしている彼女に声をかけると、にっこりと微笑んで顔を上げた。

「ふふ、修平くん」

「酔ってますね？　タクシーまで送ります」

「家まではぁ、……ダメだよね。修平くんちはぁ、……、奥さんいるもんねぇ？」

かなり酔いが回っているのか。俺の家に来て、どうするというんだ？　大人だろうしっかりしろ、とは思うものの。送るとなると、誰か、できれば女性がいいのではないかなとあたりを見回す。ロビーからはゆっくりと人波が引いていく。

待たせているだろうか。美保のことを思い、時計を見やる。カフェで待ち合わせをしているので、そう危ないこともないとは思う。が、あまり夜に一人にさせたくない。

「……部屋、とってるの」

気が抜けた。なら家だのなんだのと言わず、さっさと部屋へ行けばいいのに。ホテルの従業員らしき人が、ちらちらとこちらを見ている。格式のあるホテルだから、あまり酔客にロビーで管《くだ》を巻いて欲しくないのだろうな、と当たりをつけた。

「エレベーターまで送ります」

「部屋まで。部屋まで送って」

とろとろした目で、そう言ってくる。垂れ目がちの目。長すぎる睫毛《まつげ》が、なんだか怖い。

「それは」

「大声だすわよー？　こんなホテルで酔っ払いが迷惑かけていいのー？」

ケタケタと羽鳥さんは笑う。従業員と目が合った。……面倒くさい。

「わかりました、送ります」

羽鳥さんはゆっくりと立ち上がり、俺にしなだれかかってくる。

「やめてください」

エレベーターに乗り込みながら、その腕を振り払う。いちおう、こけないようには気を使いながら。羽鳥さんはエレベーターの壁に寄り掛かり、階数ボタンを指先で押し込んだ。

「強がってるのね」

「何がです」

羽鳥さんはふふ、とそのやたらと形の良い唇を歪《ゆが》めただけだった。嘆息《たんそく》する。さっさと送り届けて、美保と会いたい。だいたい、なんで俺なんだ。嫌っているくせに。……ふ、と嫌な予感が頭をよぎる。いくらなんでも、そこまではしないよな？　――いくら嫌いだからって。

エレベーターが到着し、羽鳥さんの部屋の前まできっちりと送り届けた。

「では」

「待って。ね、これなあんだ」

ドアを閉めずに、羽鳥さんは笑う。

「……返してください」

羽鳥さんがちらつかせるのは、俺のスマホ。さっきしなだれかかられたときに、スーツから抜き取られたらしい。手際の良さに舌を巻く。何を考えているんだ。

「ねえ、修平くん、素直になろう？」

そう言って羽鳥さんは笑って、……服を脱ぎはじめた。

「羽鳥さん!?」

慌ててドアに駆け寄る。閉めはしないが、できるだけ廊下から見えないように。

ぱさりぱさり、と衣擦れの音。俺は羽鳥さんを冷淡に見つめた。まさか、ここまでとは。

「ねえ、修平くん。しようよ」

「しません。それを返してください」

「やだ。ねぇ、エッチしてくれたら返す」

「では返していただかなくて結構」

腹が立って、そう言い返す。羽鳥さんが近づいてきて、俺に触れた。そして、とても訝《いぶか》しそうに首を傾げる。

「修平くんって、もしかしてエッチできない体質なの？」

「まさか。あなたで勃《た》たないだけですよ」

美保以外を、抱きたいと思わないから。

「このことは口外しません。失礼」

ドアを閉める。イライラと、エレベーターへ向かった。あそこまでするほど、嫌われているとは知らなかった。早く美保に会いたい。

ホテルの外は、雨がやんでいた。足早にカフェへ向かう。窓ガラス越しに、美保が誰かと話しているのが見えて、思わず拳《こぶし》を握りしめた。――誰の、ものだと。悋気《りんき》で心臓が熱い。

カフェへ入り、近づくと美保が不思議そうに電話に出ている。首を傾げて、それから――呟くように。

「……え？　羽鳥、さん？」

呆然とした、美保のその声に、さすがに頭に血が上《のぼ》る。美保からスマホを奪い取り、一気に告げた。

「こんな嫌がらせは大概《たいがい》にしていただけますか、羽鳥さん」

電話の向こうでは、羽鳥さんの『え、なんで……修平くん？』というきょとん、とした声。

『奥さん、家にいたんじゃ』

ふざけるのも、いい加減にしろ。電話を切って、美保に向き直る。

「待たせた」

「……いえ」

美保は俺を見上げて、少しホッとしたように微笑んだ。じわりと心が温かくなる。

横で小野さんが、訝《いぶか》しそうに目を細めていた。

19　小糠雨《こぬかあめ》

小絶えていた雨が、ふたたび降り始めた。糸のような、細い、細い雨。それが窓ガラスに当たり、照明で煌《きら》めく。

……小野くんに、修平さんのことを言われたとき。そんなはずない、と思いながら——とても、怖かった。心臓が冷えて。修平さんのスマホからの着信、出た声はあの女の人、羽鳥さんの声で。心臓の中心に、氷をねじ込まれたような……そんなはずない、でも、まさか、ほんの一瞬で、そんな言葉が頭をぐるぐると回って……でも不安は、すぐに霧《む》散《さん》した。

「大概《たいがい》にしていただけますか」

私は頬を緩めて、その声の主を見上げた。安心する声、大好きな声。修平さんも、少し安心したように私を見る。

「待たせた」

「いえ……ほんとに、さっき着いたところで」

「鮫川さん」

私の声を遮《さえぎ》るように、小野くんの冷めた声。

「あんた、あのホテルで誰といた？」

修平さんは目を細めた。

「あなたには関係ない」

小野くんは黙って、修平さんを見ている。

「女性と腕を組んでませんでしたか？」

「酔っ払いの介抱ですが」

「それにしてはしっかり歩かれていたような？」

「……あなたは何が言いたい？」

修平さんの、落ち着いた声。私はただ、おろおろと二人を見る。

「小野くん、もう大丈夫だから。なんか勘違い」

「じゃなかったらどーすんだよ。お前、不倫されてるかもしんねーんだぞ」

「しない」

修平さんは小さく、でもはっきりと断言した。

「するわけがない。決まった相手がいて、不貞を働くなど自分の矜持《きょうじ》が許さない」

小野くんは、少しだけ、ほんの少しだけ、目線を揺らした。私は気まずく思う。もう、むかし、むかーしの話だけれど。付き合ってた頃、小野くん、何回か浮気してたもんな。……あんまり怒らなかった、私も私、なんだけれど。……なんで私、怒らなかったんだろう？　さっき、修平さんが（性格的に有り得ないけれど！）もしかして……って思っただけで、死にそうになったのに。

修平さんが、ほんの少し、目を冷たくして小野くんを見遣《みや》る。

「あなたと美保が以前交際していたのは知っています」

「……そーっすか」

「けれど、今の態度で。もしあなたが美保と交際していた期間に、ほかの女性と関係を持ったのだとすれば、……美保を傷つけたのだとすれば」

修平さんは小野くんにキッパリと言う。

「美保があなたと結婚するようなことにならなくて、本当に良かったと思う」

「……な」

「行こう、美保」

羽鳥さんのことはまた説明する、と言いながら、修平さんは私の手を引く。そのまま、銀の糸のような雨の中へ。細い細い雨だから、濡れてしまう感覚はあまりないけれど――

「濡れてしまうな」

すまない、と修平さんは眉を下げた。

「感情的になって、君を連れ出してしまった」

「いえ、あの」

私は困る。小野くんの行動について私が謝るのも、なんか変なような気もするし、でも——と逡巡《しゅんじゅん》していると、そっと頭を撫でられた。キューンとしてちょっと変な顔になってるかも。

感情的、って言った？　私のために、怒ってくれた。

「……小野さんにも、謝っておいてくれ。間違ったことは言っていないという自負はあるが、感情的になったことを」

「わかりました……あ、てか！」

私は慌てて、鞄から折りたたみ傘を取り出す。

「傘、ありますあります」

急いで広げる。雨の日にも楽しい気分がいいな〜とか思って買っちゃったド派手な傘。手を伸ばして修平さんを中に入れようとすると、ひょいと傘を取られた。

「背が高いほうが持つべきだ」

小さい傘だから、きゅうきゅうにくっついて入るけれど、お互い、ほぼ濡れてる……

「美保が」

私のほうに傘を傾けてくれるけれど、そうしたら修平さん、全然入れないし。

「いえ私は大丈夫です」

「いや、それこそ俺は別に傘がなくても」

ド派手な折りたたみ傘を押しつけあって――なんだか面白くて、目が合ったとき、お互い思わず笑ってしまう。修平さんも頬を緩めて、私を見て、少しだけ肩を揺らして……

「修平が笑ってる！」

驚愕《きょうがく》の声に振り向くと、男の人がスマホ片手に立っていた。

「白河先輩？」

修平さんの不思議そうな声に、私はぺこりと頭を下げた。修平さんの先輩だ。

「いや、ほら、これ取り戻してきたから」

「……俺の」

うん、と白河さんは頷く。

「ま、お前も羽鳥に目ぇつけられて災難だったな」

「……あそこまで嫌われているとは」

「嫌う？　……お前、相変わらず自分に向けられる感情に関して疎《うと》いよな。逆だろ」

私はびくりと反応して、修平さんを見上げた。修平さんは、嫌われてると思ってて。でも、この白河さん曰く……あの、羽鳥さんっていう綺麗な人は、――修平さんが好き？

「バカな。羽鳥さんが散々俺に嫌味を言ってた学生時代を知ってるでしょう。今もああですよ」

「えー、あー、ツンデレってやつ？」

「どこがですか」

攻撃しかされたことがない、と修平さんは冷たく言う。

「今回のことだって、俺が美保と結婚してるのが気に食わないんです。美保が――」

少しだけ言いにくそうに、ちらりと私を見る。白河さんは苦笑い。

「上司のお嬢さん、なんだっけか」

「……それで出世しようとは、思いませんが」

私はきょとんと修平さんを見上げた。出世、あれ？　私、出世のために結婚してくれたんじゃ……。って、落ち着け美保！　言えないでしょ、出世のために結婚しましたなんて！

「同期である羽鳥さんから、そう見えてしまっていることは否《いな》めません。……俺が先に出世してしまうかもしれないことが、ひどく腹立たしいんでしょう」

あの人は、自分が中心でないと気が済まない人だから。そう、修平さんは結んだ。

そうして、三人で訪れたのは――黒と銀で統一された、一見するとバーのような店内、だけれど実は和食屋さん、な全席半個室のお店。艶のある黒い座卓の前に私と修平さんが並んで、向かい合うように白河さん。

「なんか、ごめんな？　デート邪魔しちゃって」

白河さんは、日本酒が入ったお猪口《ちょこ》片手に、少し申し訳なさそうに言う。

「お詫びにここは奢《おご》るからね」

「とんでもないです」

慌てたように、修平さん。

「ご迷惑おかけしておきながら、そんな」

「や、なーんか妙な雰囲気だな、と。こっそり後つけてたんだよねオレ」

「そうでしたか」

私はちびり、とお猪口《ちょこ》に口をつけた。そっか、あの人……修平さんのこと、好き、なのか。

「白河先輩は先ほどああおっしゃいましたが――あの人は単に、俺と美保を別れさせて俺の邪魔をしたいだけだと」

「うーん、ま、いいか。お前がそう思ってんならそれで」

むう、と修平さんは納得いかない顔。

そっか、……修平さん、鈍いのか。そりゃそうだ。そうじゃなきゃ、私の感情なんか、とっくに気がつかれてるよね！　あ、ある意味救われた、のかな……？

ちら、と視線を修平さんに向けると、修平さんと目が合う。

「……でも、良かった。拗《こじ》れる前に、美保と会えて」

ほう、と深くため息。深くふかく、安堵《あんど》した声。

「誤解されていたら、俺は」

ふと、口をつぐむ。俺は、なに？　じっと見つめ合う――

「なに？　オレ、やっぱいないほうが良さげ？」

私は慌てて手を振る。

「ぜ、全然全然っ」

「そうですよ白河先輩、飲んでください」

修平さんが差し向けた徳利《とっくり》に、白河さんはお猪口《ちょこ》を差し出しながら苦笑い。

それからしばらくして、お手洗いに立って、席へ戻ろうとしていると、ふ、と会話が聞こえる。

姿は壁で見えない。半個室、天井まである壁ではないから、会話ははっきりと聞こえる。

「でさ、さっきの転職の話」

「いえ、その気はないのですが」

「なくても、なんとなく気になってんだろ？　なに？」

その会話に、私は凍りつく。胸がざわりとする。転職、転職だなんて。……私は、いらなくなっちゃうの？　だって、私と結婚してくれたのは――羽鳥さんの言葉が思い返される。

『親のコネで結婚だってしたのかしら～？』

その言葉に、私は言い返す資格はなくて。

「ほんとうに、ないんです。辞める気は」

修平さんのその言葉に、ほっと息をつく。

「けれど」

続けられた言葉に、ふたたびぎゅっと唇をかみしめた。

「……ときどき、思うんです。普通の、普通の――地方公務員としての警察官になっていたら、どうなっていたのだろうと」

修平さんは訥々《とつとつ》と話す。

「大学へ進学したのも、今の職についたのも。周りに流された結果なんじゃないか、と……ときどき」

「オレには、お前は主体性っていうか、目標持って色々決めてるように見えてるけど？」

「そうでしょうか……それも、結局は流された結果、なのかもしれません」

ほう、と修平さんは息をついた。私もこっそり息をつく。転職、しないよね？　私のこと、いらなくなったり、しないよね？

やがて、三人でお店を出て、帰路につく。

駅からはまた私のド派手な折りたたみ傘で、またもや先ほどのような会話を繰り返しつつ帰宅して。嬉しくて幸せなのに、ときどき、澱《おり》のように修平さんが悩んでいることを思い返して――

「冷えているな」

お互い、と玄関で修平さんがぽつり。

「ですね」

修平さんの、無骨で大きな手が私に触れる。耳に触れて、ついびくりと揺れた身体に、修平さんは薄く笑う。

「一緒に風呂へ行こうか」

「……はい」

腰を抱くその手が、なんだか熱く感じて——お風呂でさんざんキモチイイことして、ベッドでも気持ちよく、してもらって——翌朝、日曜日。目覚めると、修平さんの様子が変だった。

「38・7℃」

「高熱じゃないですかっ」

「軽い風邪だろう」

「軽くないっ」

ベッドで、さすがに少し苦しそうな修平さんに、私はおろおろ。昨日、傘買えば良かったんだ。駅前にはコンビニだってあった。だけど、修平さんと相合傘、楽しくて嬉しくて……提案、しなかった。修平さん、私が雨に濡れないように濡れないように、ってしてくれたから。

「寝ていれば治る。心配するな」

熱い手が私の頬に触れる。ああ、もしかして昨日すでに熱あったのかな⁉　私に触れた、あの熱い手を思い返す。

「そんな顔をしないでくれ」

「……はい」

「なんで泣くんだ」

「わ、私のせいでっ」

「君のせい？」

ふ、と修平さんは笑う。熱のある、とろんとした瞳で。

「君のせいなんかじゃない――君と、傘に入るのが楽しくて、俺は」

「……楽しい？」

「楽しかった」

修平さんは頷く。

「相合傘も、楽しいものなんだなぁ」

「修平さん」

申し訳ないのに、その言葉が嬉しくて――私は、修平さんのその熱い手に頬を寄せた。

で、食べやすいかな、って作ったのはうどんの茶碗蒸し。ベッドで、修平さんはゆっくりと身体を起こした。そうして、少し目を細めて。

「うつしてないだろうか、君に」

心配そうな、声で。熱で苦しいはずなのに。胸が痛んで、少し泣きそう。そんなの、いいのに。

「元気ですよ。私」

「なら、いいのだが」

少しホッとしたような修平さんに、私はお盆を差し出す。膝に載せて食べられるかな？

「テーブルのほうがいいですか？ 立てます？」

修平さんは、茶碗蒸しを見て……そして、私を見て、少し寂しそうな顔をした。じっと私を見る、熱で涙ぐんだような、瞳。

「君が食べさせてくれないか」

私は驚いて、修平さんをまじまじと。その顔が、あんまりにも、なんていうか。……修平さん、熱出ると甘えんぼさんなの!? ひとりで悶《もだ》えそうになってしまう。可愛いよ……

じっと私を見る目。しょうがないですねぇ、って表情を装って、スプーンをひとさじ。

「どうぞ」

ん、って感じで、修平さんは私の差し出したスプーンを口に。

「……旨い」

修平さんが呟くように言って。私はやっぱりきゅん、とした。可愛いよう。修平さんは熱で食欲が落ちるタイプではないみたいで、ぱくぱくと食べてくれた。なんとなく、安心。

「ごちそうさま」

ふう、とお茶を飲む修平さんが、私を見て少し甘えるような顔をして。あー、どうしよう。可愛い。めちゃくちゃ可愛い。ちゅーしたい……って、困るよね!? うつったら、修平さん、めちゃくちゃ責任感じちゃいそうだし。

「……っ、汗、汗拭きましょうか！」

煩悩《ぼんのう》を吹き飛ばすようにそう言って、食器を下げてお湯とタオルを用意した。

「拭けます？」

無言で見つめられた。ふ、拭きますよ！

「その前に、熱、計りましょうか」

体温計を差し出すと、修平さんは頷いた。

「もう下がっていると思うぞ」

「うそー」

朝、39℃近くあったのに。でも実際、修平さんが差し出した体温計は37・8℃。

「お昼だから下がってます？」

「いや、風邪をひくとだいたいこんな感じだ」

ふう、と修平さんはひといき。ごろりと横になって、目を細めた。

「明日には下がっている」

丈夫なんだ、と言って修平さんは続けた。

「その代わり、汗がすごい」

「あ、なるほど」

慌てて着替えも用意した。これでよし。

「じゃあ拭きますね」

Tシャツを脱いでもらって、まずは顔、首。修平さんは、少し気持ち良さげに目を閉じた。なんか、色々珍しくて少し楽しい。しんどい思いしてる修平さんには、悪いのだけれど。それから背中。脇の下、腕も拭いて。

「脚は大丈夫ですかね」

そんな話をしながら、胸やお腹を拭いて、新しいTシャツを着てもらう。そんなことをしてるうちに、気づいて。……気づいてしまって、ちょっと頬が赤くなる。

「……すまない」

「いっ、いえっ」

修平さんのが、おっきくなっちゃってた。スウェットを押し上げるように、主張していて。

「なぜだかな、興奮してしまって。ま、無視してくれ」

淡々とそう告げられて……でも、なんだか、苦しそうで。私はひとつ、深呼吸。

「あのう」

「ん、なんだ」

「しま、しょっか」

口で。そう呟いて、少し上目遣い。ベッドに乗ると、ほんの少しぎしりと軋《きし》むスプリング。そうっと、肥大したそこに触れて。びくり、と修平さんが反応するから――なんか、変なスイッチが入ってしまった。

「美保」

慌てたような修平さんの声は無視して、スウェットごと、下着を下げた。

「どうせ、下着は着替えてもらわなきゃですし？」

「そうかもしれないが、いやそうじゃなくて」

慌ててる修平さん、珍しい。可愛い。愛おしさで胸が苦しいよ。

「嫌、ですか？」

屹立《きつりつ》する修平さんのを、軽く手で握って、ちろりと舐めた。

「……っ」

熱のせいでうまく耐えられないのか、修平さんは大袈裟《おおげさ》なくらいに反応する。つぷ、と先端に……先走りの露《つゆ》が湧いて。私はそれを舐める。濃い涙に似た、その味に私は妙な喜びを覚える。

「楽にしててください」

修平さんに、横になるように私は言う。

「すぐ、気持ちよくしてあげますから」

「……美保」

困ったような声で、でも抗《あらが》えない、そんな声で修平さんは私を呼んだ。私の中で嗜虐的《しぎゃくてき》な喜びがじわじわと湧く。できるだけ大きく口を開けて、修平さんのを咥《くわ》え込んで――

大きいから、すぐに顎《あご》が疲れてきてしまう。根元まで口に入れるのは到底無理だ。喉の奥まで入れてるのに――これ、いつも、私のナカに入ってるんだ。そう思うと、じん、とお腹の奥が熱くなる。勝手に、ナカの襞《ひだ》がきゅうんと蕩《とろ》けて。それでも、できるだけ気持ちよくなってもらいたくて、私は手と口で、一生懸命に舐めて、吸って、擦って。

「美保」

修平さんの、苦しそうな、気持ちよさそうな、声。じゅぷじゅぷと、わざと音を立てて修平さんを見上げる。横になってていいのに、修平さんはじっと熱っぽい目で私を見つめていた。その骨張った指で、私の頭をゆるゆると撫でる。

「きもち、い、ですか？」

手で擦り上げながら、口を離して、舌だけでチロリチロリと舐めながら聞いてみる。先端に、ちゅ、と唇を落とした。好きなひとのって、こんなとこまで愛おしいんだなぁ。

「……気持ちいい」

修平さんは、押し殺したような声で、そう言った。眉間にシワを寄せて、何かに耐えるように。

私の髪を撫で、耳を撫で、なにかを言い淀むように――

「あの、こうして欲しい、とかありますか？」

修平さんは少し言い淀んで、それから呟くように言った。

「……その。君に、挿れたい」

修平さんは迷うように、言う。

「十分気持ちいい、が。君が欲しい――」

熱で甘えんぼさんな修平さんにそう言われて。私が抗《あらが》えるわけ、ないじゃないですか。

仰向けになった修平さんのに、ゆっくり丁寧にコンドームを着けて。それから、私は、修平さんの上に跨《またが》るように、膝立ちになる。スウェットワンピだから、そっとたくし上げて。下着だけをぱさりと床に落とした。修平さんと目が合って、思わず逸らす。恥ずかしいよう。

「美保」

戸惑うようなその声は、積極的な私に対する困惑か、それとも先端が触れてる私の入り口が、準備もなしにとろとろに蕩《とろ》けていることに対する驚きか――。私はきゅ、とこれから来る快楽に耐えるように唇を噛みしめて、ゆっくりと腰を下げる。きゅんきゅん喜びながら、私のソコは修平さんのを咥《くわ》え込んでいく。

「……ッ、ふぅ……ンッ」

覚悟してたのに、つい漏れ出る声。修平さんも、ふ、と息を漏らす。気持ちいい、の、かな。

くちゅくちゅに蕩《とろ》けてうねるナカで、すっかり修平さんのを根元まで包み込んだ。修平さんは眉間をきゅ、と寄せて私を見上げていた。熱で熱い身体。それだけじゃない、何かに耐えるような表情。私はゆっくりと、身体を動かす。

「……ッ」

修平さんが、小さく声を漏らす。心臓が跳ねた。気持ちいいんだよね？

「あっ、……は、修平さん、気持ち、い？」

攻めてる気持ちになって、きゅんきゅん締め上げながら、私はそんなことを聞いてしまう。修平さんは素直に頷き、私の手を握る。

「……とても、気持ちがいい」

「良かっ、たッ」

でも、修平さんを気持ちよくしたいのに、気がついたら自分の悦《い》いとこを修平さんので貪《むさぼ》ってしまっている。

あ、ダメ……自分のことなんか後回しにすればいいのに、快楽に、気持ちよさに、負けてしまう。脳幹がぐちゃぐちゃ。気持ちよくなりたくて、イきたくて、身体が勝手に動いてしまう。

「ご、めんなさ……ッ、しゅーへ、さんっ」

なにが、って感じで、修平さんは視線をこちらに。手に力が入って、胸がときめく。

「修平さ、ん、気持ちよくしたい、のにッ、は、ぁう、ッ……自分の気持ちいいとこばっか、しちゃうの」

半分涙目でそう言う私に、修平さんは一瞬ぽかんとしたあと、頬を緩めた。

「いい。それで……気持ちいい」

「でも……っ、あ、あぁあんッ！」

気持ちいいところにぐりぐり押し当てて、軽く私はイってしまう。その顔をじっ、と見つめられて、私は思わず目を閉じた。は、恥ずかしいよ……！　おそるおそる目を開くと、修平さんは不思議そうに私を見ていた。

「……あのっ。わ、私。はしたない、でしょうか。引きます、か？」

「なにが」

「私が」

目線を逸らしながら、でもゆるゆると腰の動きは止めずに（止められずに！）私は続ける。

「私が、修平さんので、ひとりで、気持ちよくなるのが……」

「いや？」

修平さんはほんの少し、真剣味を帯《お》びた声で続けた。

「むしろ、めちゃくちゃに興奮する」

「こっ、こうふ、……ぁあンッ⁉」

修平さんが私の腰を持って、下から突き上げてきた。

「や、やぁッ、修平さ、ダメ、熱、あるのにっ」

「問題ない」

「あ、るぅ……ッ、ありますぅ……ッゃぁああンッ」

角度をぐりっと変えられて、ばちゅばちゅと音をたてて私の奥に突き上がってくる、それ。

「や、ぁ、あ、あーっ、あーっ、あーっ」

的確に私の悦《い》いところを突いてくる修平さんに、私はもう喘《あえ》ぐしかできない。

「君は自分の悦《い》いところがわかってないようだから」

「は、ぁッ、ぁッ、ぁッ」

「教えておこう……ココだ」

ぐちゅん！　とそこを激しく突き上げられて――私は派手に、仰反《のけぞ》るように、イく。

「あぁぁぁぁッ、イくっ、イくっ、イッちゃうっ、修平さ、しゅーへー、さんっ、や、ダメっ、イっちゃ、あぁっ」

半泣きで、いやいやをしながら、身体の奥から脳の中心まで射貫かれたように、私は狂おしく修平さんのを締め付けた。頭の中がスパークしてる。ふわりと身体から力が抜けて、折り重なるように、修平さんの鎖骨《さこつ》あたりに頭を乗せる。

「は、……ぁ、っ」

びくびくとナカが痙攣《けいれん》しているのがわかる。どろりどろりとカラダのナカから溢れ出た液体が、修平さんのスウェットを汚していく。……自分で洗濯物、増やしちゃった……。

そのうちに、まだ痙攣《けいれん》がおさまらないうちに……修平さんは私のお尻を掴んで、ぐ、とまた突き上げてきた。

「は、ぁッ、修平さんっ、やぁっ、イッてる、とこぉ……ッ」

「そうだな。ビクビクして……とても、可愛い」

からかうような、修平さんの声。か、可愛いっ⁉ 顔を上げると、修平さんは寂しそうに言う。

「キスできないのが、こんなに辛いなんて。治ったら君に……たくさんキスしていいだろうか」

「……っ、はぁっ、い」

喘《あえ》ぎながら、なんとかそう返事をする。風邪のこと、気にしてるんだろうと思う。だけれど、キスをしたい。そう言われたことが、嬉しくて、甘くて。蕩《とろ》けそうになってる、ううん、蕩《とろ》けてる心。

もう一度、悦《い》いとこをばちゅばちゅ突かれて、ほとんど間をおかずに、私はふたたび絶頂を迎える。

「は、ぁああッ、らめっ、やめッ、そんなにッ……、死んじゃ、うッ……！」

修平さんにしがみついて、私はぎゅうぎゅうと修平さんのを締め付ける。びくびくと震えて、トロトロに蕩《とろ》けて、きゅんきゅん吸い付いて。

「ッ、美保、俺も……ッ」

いつもより余裕のない、修平さんの声に耳朶《じだ》が蕩《とろ》けそう。はい、となんとか返事をした私のナカを、激しく激しく突き上げて、修平さんは低い、甘い声を漏らす。同時に、びくびくと修平さんのが蠢《うごめ》くように果てていく。薄い皮膜越しに、白濁が勢い良く出ているのがわかる。しばらく、そのまま抱き合っていた。はあはあと、荒い息のまま——なんとか、身体を動かして、起き上がる。ずるりと引き抜いた修平さんのから、私はゴムを外して、丁寧にティッシュに包んで、捨てる。

「美保」

甘い声で、修平さんは私の頬に触れた。私は微笑んで、もう一度、修平さんのソコに唇を寄せた。苦くて痺《しび》れるような——でも、どこか甘い、その残った白濁を舐め上げる。修平さんの腰が、びくりと動いて。あ、あれっ、修平さんの、また大きくなってる……っ。

「そんな可愛いことをするから……美保」

ねだるような言葉。しょうがないですねぇ、って表情を装って、私はまた甘い情事に蕩《とろ》けてイく。

まぁ、それよりなにより驚いたのは、……修平さんが翌朝、本当に平熱まで下がっていたこと、だったんですけれどね。

「適度な運動をしたのがよかったのかもしれない」

「……適度な運動⁉」

思わずそう突っ込みながら、……いつも通りの週明けがやってきたのでした。

20 幕間 独白（小野視点）

こんなことをして、どうなるんだろう――。ベッドで眠る美保を見つめながら、そう思った。

美保があの男のものになって、もうどれくらいが経つのか。

窓の向こうには、きらきらしい夜景。昔、まだ付き合ってたころ。美保とこういう、少し高めのホテルに泊まったことがあった。……元々は、浮気相手とくるはずの予定で予約してた、そのホテル。都合が悪くなって、仕方なく美保を誘って。でも、美保は喜んで。とても、……喜んでくれて。夜景を見て、はしゃぐ美保。胸がぎゅっと痛んだ。俺はなにしてんだって、そう思った。もう浮気なんかしない、美保に相応《ふさわ》しい男になるって、そう決めて。――そうなったら、プロポーズしようと決意した。……その直後に、美保が先に主任に昇進した。美保に相応《ふさわ》しい男になりたかった、のに……先にいかれて、どうすんだ。そこからギクシャクして、別れて。でも、そのうち元サヤに戻んじゃねーかなって、甘く考えてた。四年も一緒にいた。今更、他の男なんか、考えられるか？　――見合いするって聞いたときも、正直、油断してた。美保が見合い相手と結婚する、ってオレが知ったのは、式の一ヶ月前だった。

もし。本当に、もしも——また、お前がオレを受け入れてくれるのなら。

「オレ、ちゃんと。相応《ふさわ》しい男に、なるから」

小さくそう、呟いた。ベッドに手を乗せる。ぎしり、とスプリングが軋《きし》んだ。

21　暑気払い

梅雨は明けた、というのに相変わらず湿度は高くて、なのに気温もすっかり上がってきた七月もなかばのこと、だった。

暑気払い、の名目のもと、ウチの会社では取引先の方なんかもたくさん呼んで、夏に飲み会をするのが恒例で、私も例年通り、それに参加していた。

「毎年ビアガーデンなのにね～。なかなか良いお店チョイスしたじゃん、小野」

あのオコサマにしてはなかなか、と珍しく、ほんとーに珍しく八重は小野くんを褒めた。

「こういうの、なかなかないもんね」

屋外でワインを飲む機会なんて。今年の暑気払いは、ビアガーデンならぬ、ワインガーデン（?:）。ホテルの空中庭園、夏季限定でやっているそのワインガーデンを、小野くんは押さえてきた。課長がベタ褒めしたのは、大口取引先の方が、ワイン好きで有名な方だったから。

「あー、けど。これで小野の評価上がんの腹立つ」

「あは、まあまぁ」

八重はくいっと、その赤ワインを喉に流し込む。お酒に弱い八重は、すでに頬が赤い。あたりを見ると、参加者はみな楽しげに酔っ払ってる。でも、例年より上品な気がするなぁ。ビアガーデンだとなんだかどんちゃん騒ぎになっていたけれど、今年はなんだか皆上品に酔ってた。雰囲気かなぁ。上品に飲まなきゃ、みたいな意識が起きるのかも。

「そういや美保。もーすぐ新婚旅行じゃん」

八重の言葉に、私はうん、とにこにこ頷く。

「海外じゃないんだね。意外」

「えへへ」

私はもう一度、頷く。いいんだ、海外じゃなくて。少なくとも、私たちの場合は。

「どこだっけ？」

「岩手中心に、東北めぐり。ていうか、聖地巡礼」

「聖地ぃ？」

訝《いぶか》しげな八重に、私は笑って見せた。

「宮沢賢治の」

「あー。あー、あー、美保の趣味に付き合ってくれるってこと？　優しっ」

「ええと、そうなんだけど、ちょっと違って。修平さんも、好きなんだよ」

「宮沢賢治？　へぇえ。すっごい、意外」

少し驚いてる八重に、私も笑った。

「だよね、剣豪小説とか読んでそうな顔だもんね」

「うん。まさか銀河鉄道の夜読んで泣いてるようには」

「泣いてはいないと思うけど。ついでに剣豪小説も読むけど」

「結局読むのね……ところで」

八重は少し、優しく笑う。

「言えた？　好きって」

「……だから言えないって！」

私は唇を尖《とが》らせた。言える？　言えますか？　そんなっ。

「謎だわー」

「謎じゃないもん」

そりゃ、八重みたいな美人さんなら、胸を張って「好き」って言えるかもだけど。

「もどかしいなぁ、もう」

「いいんだよ、私」

ワインを口に運びながら、小さく呟く。じゅうぶん幸せなんだもの、って。

「……ふうん？」

「そーなの！」

ぐいっと残りを飲み干した。ふう。空《から》になったワイングラスを見ながら、私は少し考える。実のところ、ワインにはそんなに強くない。ちら、とメニューを見る。ワイン・カクテルにしてもらったら、少しはアルコール度数が下がるかな？　それを頼もう、と顔を上げたとき、ふと話しかけられた。

「飲んでますか？」

「あ、大沼《おおぬま》専務！」

私と八重はほとんど同時に立ち上がる。件《くだん》の、大口取引先のワイン好きさん。

「いやいや、気を楽にして」

ワインボトル片手に、大沼専務は人の良さそうな顔で笑う。

「ご挨拶に回らせていただいてて」

どうぞどうぞ、と大沼専務はテーブルの上に置いてあった、新品のワイングラスにそれを注いだ。濃い赤色の濃厚なブドウの香りに、くらりとする。濃緑色のボトルを見て、私は首を傾げた。こんなワイン、あったかな？　ラベルには１９９５の文字。さすがにそんなに高級っぽいワイン（全然わかんないけど！）はメニューになかった、はず……

私の視線に気がついて、専務は目を細めた。

「これね、実は持ち込み。皆さんで飲もうとね、何本か」

ニコニコと専務は続ける。

「もちろん許可はもらってるよ。結構いいやつだからね、良ければ味わってください」

「あ、ありがとうございます、いただきますっ」

私と八重はそのワインに口をつける。ふんわり芳醇、渋みもちょうど良くて、香りが鼻に抜けた。

「うわ、うわわ」

「お気に召したようで良かった」

そう言いながら、専務は別のテーブルに向かっていく。私たちは軽く目礼して見送って、ふたたびワインに口を。

「よほどお好きなんだねぇ」

思わずぽつり。おすすめワインを飲ませて歩くくらいだもんなぁ。

「……っ、ちょっと美保、見て」

八重がスマホを差し出してくる。

「……三万五千円？」

「桁《けた》が違う。三十五万」

思わずこぼしそうになる。なんてものを飲ませて歩いてるのあのワインおじさん！

「わー、わー、わー。どうしよう。絶対残せないじゃん……」

八重は困り顔。

「ゆ、ゆっくり飲も？」

そう答えて、ちびちびと飲んでいると……大沼専務の視線。

「み、美保。専務、今度は別のボトル……」

八重は視線もほぼ向けずに、すらすらと親指でスマホを操作。

「よんじゅうまんえん……」

「い、いくらワインに注ぎ込んでるの!?」

驚愕しつつ、少し急いでワインを飲んで——。せっかくの小野くんの努力、こんなことで専務のご機嫌損ねるわけにはいかないっ！　とはいえ、セーブしながら、ゆっくり飲んで。

「み、美保、ごめん。あたし」

「無理しないで八重、私、もうちょいいける」

八重のぶんもこっそり飲んで。ニコニコ顔の専務が、また近づいてきて——私はにっこり、笑い返して。……セーブしてた、はず、なのに。

「……あれ？」

気がついたら、知らない天井が見えていた。どこ、ここ？

「起きた？」

至近距離からした声に、何度か目を瞬き。あれ？

「……お、小野くん？　あれ？」

「酔って、寝てたから」

暗くて、その表情はよくわからない。はめ殺しの大きな窓の向こうには、きらきらしい夜景。……夜景？　あれ!?

「お、小野くんごめん今何時!?　ていうか、八重は？　私寝てたの!?　ここどこ!?」

慌てて起き上がろうとする私の肩を、小野くんはぐっと押さえ込んだ。ベッドに、縫い付けるように。ぎしり、とスプリングが軋《きし》む。

「……へ？」

「美保の質問に答えると」

低い静かな、声だった。

「今は二十三時。田川はタクシーに突っ込んだ。寝てたから。美保だけ、ここに。飲み会やってたホテルの部屋」

「わ、私、だけ？」

ゆるゆると見上げる。暗い中、小野くんと目が合う。喉からひゅ、と息が漏れた。……

この目を、私は知ってる。小野くんがシたいときの、目だったから。

「よ、酔ってる？　ていうか、帰るねっ。私、一次会で帰るって伝えてあるんだ」

心配、してるだろうか。修平さん。小野くんは無言で、私を見下ろす。そのまま、両手を私の横につくように、ベッドに登ってきた。

「……やめ」

「美保は」

ねじろうとした身体を、ぐっと押さえつけられる。ぎゅっと閉じた太ももの間に、小野くんの膝がねじ込まれて開かされる。

「……や、っ」

背中が粟立《あわだ》つ。初めて感じる、小野くんへの恐怖。

「なぁ、美保は」

「な、なに……？」

「オレとヨリ戻そう、とか思わなかった？」

私はきょとん、としたあと首を振る。

「ねえお願い、どいて」

触れられたくない、とはっきり思った。修平さん以外に、触れられたくない！

「オレさ、今でも、美保が好きだよ」

「……へ？」

「抱かせて。ダンナと別れて、オレと結婚して」

嘆願《たんがん》するように、小野くんは言う。

「……え？　片思いの相手、は？」

「美保だよ」

戸惑う。わ、私⁉　けれど、少し緩んだ声に、そっと身体を抜け出そうとしたところ、手首を強く掴まれる。

「いっ、……た」

「オレじゃダメなの」

「……ダメ、だよ」

私は息を吐いて、小野くんを見上げた。

「小野くんじゃ、なかった、の」

「……は？」

「全部。全部、小野くんじゃ、ダメ、だったの」

私は静かに続けた。

「好きでいてくれて、ありがとう。でも、私、小野くんのこと、好きじゃない」

はっきり言わなきゃダメだ、って私は自覚してる――。多分、小野くんは……私が他人のものになって、それで惜しくなっただけ、だから。

「ていうか、ごめんね。付き合ってた間も、……愛しては、なかったよ」

好きだった。……最初は、ちゃんと。でも、愛するとか、そんな形になる前に――私は小野くんを諦《あきら》めた。今更、彼を責めるつもりはない。だけれど、傷ついたのはほんと。浮気されたり、都合の良いときだけ呼び出されたり、ないがしろにされてるなぁって。でも、私だから仕方ないと思ってた。誰かに「一番大事にされること」は死ぬまでないのかなって。でも。でも、今は――修平さんに、そこにどんな感情があるにしろ（ないにしろ、かな？）大事にされてる。大切にされてる。私はそれが、とても嬉しくて、切なくて、幸せ。

小野くんはぽかんと私を見てる。

「小野くんさ、浮気とか、してたじゃん？　でも私、途中からさ、あんまり怒んなかったでしょ？」

「……うん」

「それはさ」

少し、笑う。笑ってしまった。自分でも。――酷いやつだなって。

「そのときもう、小野くんに。期待も興味もそんなになかったから」

「ごめんね、やっと気がついたの」

小野くんのこと、どうでも良かった。その言葉に、小野くんは目を見開く。ごめんね、でもね、そうしないと私、苦しくて死んじゃいそうだったから――。けど、それは多分、逃げてただけだね。向き合わなかった。その結果が、ツケが、いま、なんだろう。ゆるゆると全部許して、甘やかして。だから、私が他の人のものになるなんて、小野くんは想像もしなかったんだろう。だから――きっちり、カタをつけなきゃいけないんだ。きっちり向き合って。きちんと、サヨナラを言う。別れたときみたいに、お友達に戻ろうねとかじゃなくって、ちゃんとしたやつを。――痛いやつを。それが多分、私が小野くんにできる、最後のことなんだと思うから。

「……だから、どいて？　私、小野くんに触られたくない」

私の言葉に、ゆるゆると小野くんは首を振る。

「いやだ」

「小野くん」

「苦しい」

小野くんは顔を歪《ゆが》めた。辛そうに、悲しそうに、狂おしそうに。

「お前が他の男に抱かれてるって思うだけで、頭がおかしくなりそうだ」

「……その感情を、私が抱かなかったと思ってる？」

付き合ってたころ。まだ……好きだったころ。はっ、と小野くんの瞳が揺れた。

「ご、めん。美保。ごめん。ごめん」

「ごめんね小野くん、私ね」

笑って見せた。うまく、笑えてるかな。

「好きな人がいるの。愛してる人がいるの。結婚してるの。幸せなの——どいて？」

ゆっくりと、小野くんは身体を起こす。ぐしゃぐしゃのその顔に、なぜだか胸が痛んだ。けれど、振り切るように、私は言う。

「小野くんじゃない。小野くんじゃダメ。……修平さんじゃないと、あの人の側じゃないと。私はもう生きていけない」

小野くんは、ベッドのすみに腰掛けて、少し猫背になって。

「そんなに好きなの」

「うん」

「……なぁ、ちゃんと愛されてんの、お前」

一瞬、言葉に詰まる。

「……一生側にいて、って言ってくれたの」

それだけで、いいの。私は身体を静かに起こした。少し、乱れた服。でも構わず立ち上がる。ここを出なきゃ。テーブルの上の私の鞄、スマホの電源は切られていた。……心配、してるかな？　そんなにしてないかも、しれないけれど。二次会に行ってる、とか思ってるかな？

「ごめんな」

小野くんは小さく言った。

「ほんとにヤる気は……なかったよ。こうでもしないと、お前の本音、聞けない気がしてて」

少しだけ迷って——私はその言葉を、信じることにした。

「……うん」

「酷いことしてごめん。ほんとに」

小野くんは、小さく、肩を揺らした。泣いてるのかな、と私は思う。

「幸せになってね」

それは、もしかして残酷な言葉なんだろうか？　ドアの前に立ち、ドアノブに触れようとした瞬間——ドアが大きく開かれ、眩《まぶ》しい光に思わず目を細めた。廊下の明かりを背に、私を見下ろしていたのは。

「……っ、美保！」

その声に、蕩《とろ》けるほどに安心した。迷わずその腕に飛び込む。ぎゅう、と抱きしめた。

「修平、さん」

小さく漏れたその声に、修平さんが私を抱きしめるその手が、ぎゅうと強くなって。

「……妻に」

低い、修平さんの声。私はびくりと肩を揺らした。こんな声は、初めてだったから。

怒りを隠そうともしていない、そんな声は。

「妻になにをした？　俺の」

ばちん、と叩きつけるように照明をつけて、ベッドの上の小野くんに対して、修平さんは低く、抑えた、でも明らかに憤怒《ふんど》を含んだ声で言う。

「俺の、美保に」

胸がぎゅ、と苦しくなって死んでしまうかと思った。

『俺の、美保』

こんなときなのに、こんなとき、なのに。涙がぽろり、と溢れた。嬉しくて。そんな風に言ってくれるのが、狂おしいほど嬉しくて。

「……告白しました」

小野くんは自嘲《じちょう》気味に、笑う。

「そんで、いまフラれたとこっす」

「……そのためにわざわざ、ホテルの部屋までとって？」

「しゅ、修平、さん。ほ、本当になにもされてません」

「服が乱れている」

「ベッドに、寝かされては、いました。酔ってて」

「その間なにもされてないとは限らないだろう！」

肩を持たれて、怒鳴りつけられて。私はぽかんと修平さんを見上げた。怒りに濡れる瞳。……初めて、怒鳴られた。怒りを、向けられた。

「……本当に。誰に誓っても、いいです。調べてもらっても──オレ、手を出してません」

「……」

「押し倒してましたし、あわよくばみたいな、……下心はありましたけど」

じゃなきゃ部屋なんかとんねーっすよ、と小野くんは呟いた。

「けど、めちゃくちゃ辛辣《しんらつ》にフラれました」

修平さんは私から手を離し、小野くんの前までつかつかと歩いて行った。ぐっと握り締められた拳《こぶし》。

「しゅ、修平、さん？」

「……」

無言で、小野くんを見下ろす修平さん。背を向けてて、顔は見えない。

「どーぞ。殴って気が済むなら」

修平さんの背中が震える。握りしめられた拳《こぶし》。そのとき、どんどん！　とドアが叩かれた。

「美保！」

八重の声！　慌ててドアを開けると、八重が飛び込んできた。

「さ、鮫川さん、足はやっ……ていうか！」

八重が勢いよく頭を下げた。

「鮫川さん、美保、ほんとにごめんなさい……‼　あたしが、酔ってたから」

「や、八重のせいじゃ」

「でも美保」

八重がゆるゆると首を振る。

「怖かった？　なにされた？」

「何も、……本当に。修平さん」

私はゆっくりと歩いて、それから修平さんの背中にしがみつく。ここで殴ったりしたら、――修平さんの将来に、傷がつく。私のせいで。私がきちんと、小野くんに向き合わなかった四年間の、そのせいで。迷惑は、かけたくない。

「ごめんなさい。心配かけて、ごめんなさい」

修平さんが、ふかく、ふかく、息をついた。

「もう、終わりました。きちんと、終わらせました、から」

小野くんと目が合う。すっ、と逸らした。

「本当に、何もされてないんです」

「……行くぞ」

修平さんは私の右手を取り、歩き出す。私は無言でそれに続いた。地下の駐車場に停めてあった、修平さんの車。乗せられて、修平さんは無言で車を発進させる。小さな舌打ちと、右手を拭うような、そんな仕草。私は不思議に思いながらも、修平さんの全身から溢れ出る怒りの気配に、身を縮めることしかできない。……嫌われた、かな。呆れられた、かな。ぽろりと涙がこぼれた。

私が悪い。ワインでは酔いすぎるの、自分でもわかってたのに……八重と一緒だし、人がいたから、なんの警戒もなかった。

マンションに着いて、手を引かれ、そこでようやく修平さんの右手から血が出てることに気がつく。右手の、手のひら。——握り締めすぎて、その、爪で。胸が痛くて、また涙が止まらない。ごめんなさい、ごめんなさい、心配かけて、ごめんなさい。その間も、修平さんは無言だった。部屋に入って、手を引かれるがままに、ベッドに寝かされる。

「服を」

修平さんの言葉に、ただ従うしかできない。服を全部脱いで、身を縮めた。修平さんが、ゆっくりと私に触れる。ひとつひとつ、確認するように。どれくらい、そうされていただろうか。

修平さんは、小さく、息をつき、私を抱きしめる。

「今日中に退職届を書いてくれ」

「え、あ、修平さん」

「それから、二度と俺以外の前で酒を飲むな」

私は頷くしかできない。まだ、怒ってる声。恐る恐る見上げると、唇を塞《ふさ》がれた。やがて離れて、目線が絡む。

「子供を作ろう。妊娠していれば、酒なんか飲めないから」

修平さんは、乱雑に服を脱いで床に落とした。

「君はもう少し、自分が魅力的なのを理解したほうがいい」

「そ、そんなこと」

「ある」

修平さんはほとんど前準備なしに、私の入り口にソレをあてがう。

「ま、待って、修平さん。待っ」

「なぜ」

「妊娠、してたら。し、新婚旅行……」

声が尻すぼみになる。こんなときに、なにを言ってるんだって思われたかなぁ。でも、……楽しみだから。新婚旅行。修平さんと、はじめての旅行。もごもご言ってる私に、修平さんの気配が、ふと、ほどけた。

「……ほんとうに、君は」

それからきゅ、と抱きしめられる。

「心配、した……あの人を、殺してやるつもりであそこに行った」

「こ、殺す？」

「……君を失いかねないから、思いとどまった」

「修平さん」

「感情の制御が、こんなに――難しいなんて」

修平さんはそう、吐き出すように言った。

「ご、ごめんなさい、修平さん。私が悪いんです」

「君は悪くない」

すまない、と修平さんは小さく言った。

「君は何も悪くない。飲みすぎて寝ている人間をホテルの部屋に連れ込むほうが悪い」

「でも、そこまで飲んじゃって」

「君のことだ、何か理由があったんだろう」

修平さんは、私の頬に触れようとして――自分の手のひら、その血に気がついて。

「修平さん」

私は構わず、その手を頬に。

「心配かけて、ごめんなさい」

迎えに来てくれてありがとうございました、私はそう言って少し、泣いた。自分が情けなくて。――大事にされてるのが、嬉しくて。修平さんは、ぎゅっと私を抱きしめ直す。

「感情的になって、すまない」

「いえ、……あの」

ふ、と修平さんが頬を緩める気配。

「仕事は、……正直、辞めて欲しい」

「考えさせて、ください」

ちゅ、と額《ひたい》にキスをひとつ落とされて。それから、ゆっくり、溶かされるように甘く甘く、丁寧に抱かれて。まるで、全身で「愛してる」って言われてるみたいで――

(聞きたい)

身体中を蕩《とろ》けさせられながら、思う。

私のこと、どう思ってますか？　でも、その一言は、どうしても出なくて。

反省、したはずなのに。小野くんと向き合わなかったこと。……修平さんとも、繰り返すつもり？
でも、どうしてもその言葉は音にならなくて――
ゆっくりと、私の意識は優しい、甘い靄《もや》に蕩《とろ》けていった。

22　焦燥《しょうそう》（修平視点）

仕事が終わって、自宅近くの最寄駅に着いたのは二十一時を回っていた。じー、じー、とどこからか夏の虫の声がする。改札を出ながら、ふと思った。美保の飲み会は十九時半からだと言っていたから――そろそろ終わる頃か、と。俺は駅前のチェーンの定食屋を視界に入れながら考える。

少し待って、一緒に帰ろう。美保に、ひとりで夜道を歩かせたくはないから。

定食屋で注文をしたあと、スマホでメッセージを送る。『駅に着いたら連絡してくれ、近くにいる』。それから、味気ない夕食を摂る。……うまい、と思うんだがなぁ。何か物足りないのは、きっと美保がいないからだ。美保は俺を幸せにする才能があるから、一緒にいれば何をしていても、何を食べていても幸せになれる。

食べ終わって、スマホを確認するも既読もついていない。

時刻は二十一時半。流石《さすが》に終わっている頃だと思う。二次会へ行った？　それならば連絡が来るはずだ……美保の性格的には。なんとなく嫌な予感がして、店を出て電話をかけてみる。

『ただいま、電波の届かないところに――』

機械的な女性の声のアナウンス。心臓がささくれ立つような、そんな感覚。足早にマンションに戻る。スマホの電池が切れて、一足先に帰宅してしまったのかもしれない。

そう思ったエントランスで、見たことのある人が焦ったようにスマホで電話をかけようとしていた。

「……田川さん、でしたか」

話しかけると、ばっと振り向かれた。少し派手目な感じの、でもなぜかウマが合うらしい美保の親友。結婚式で美保が投げたブーケを受け取ったのは、この人だったと記憶していた。

「っ、鮫川さん、ですよね！」

田川さんは慌てた様子で俺に向かってくる。

「美保、帰ってますよね!?」

その一言に、不安が増大した。

なにが、なにが起きている？　田川さんを伴って、部屋へ向かう。

「マンションまでは知ってたんですけど、部屋番号がわからなくて」

それでエントランスで連絡をとろうとしていた、らしい。

「なにがあったんです？」

「詳しいことは、あとで……美保が帰ってたら、あたしの杞憂《きゆう》ですから」

自分に言い聞かせるように、田川さんは言った。エレベーターを降りて、もどかしく鍵を開ける。部屋の中は、暗く、しんとしていた。

「……美保！」

ばちばちと照明をつけながら、部屋を探す。リビングにも、キッチンにも、風呂にも、トイレにも、寝室にも、いない。

「……っ、あたし。すみません、ホテルに戻ります」

「ホテル？」

「飲み会のあった……」

走り出そうとした彼女の腕を掴む。

「車を出します」

田川さんは一瞬だけ迷ったあと、こくりと頷いた。

「気がついたら、タクシーの運転手さんに起こされてたんです」

車の助手席、田川さんは焦燥《しょうそう》を滲《にじ》ませた声で話し出す。

「あたし、一人で帰宅してて……ふと、美保が気になって」

「なぜ？」

「小野が、……あの、美保の」

「知ってます。元カレで上司」

ええ、と田川さんは頷いた。流れていく夜景。車の流れがやたらと遅い気がして、苛つく。

「最近、様子がおかしくて。思い詰めてる、ような……」

「思い詰めてる？」

「……っ、多分。あたしが悪いんです」

ぐっ、と言葉を詰まらせたように、しかし田川さんは続けた。

「何気なく、……いえ、変な話。小野にさっさと美保を諦《あきら》めて欲しくて」

「……諦《あきら》める」

「っ、あ、いや、あの。もし、何でもなかったら忘れて欲しいんですが……小野、いまだに美保のこと。好きで」

やっぱりな、と俺は思う。あの目。あのわざとらしい行動。

「だから、わざと。あいつの前で美保に聞いたんです。子供はそろそろ考えてるの、って。そうしたら、美保は、新婚旅行終わったくらいからかなぁ、って。そう答えて」

きゅ、と田川さんは手を膝の上で握り締めた。

「そのあたりから、小野の様子が変だなとは思ってて。でも、まさか……とは、思ったんです。けど、さっきから小野も電話、出なくて」

ふうう、と田川さんは顔を覆った。

「もし美保に何かあったら、あたしのせいです」

「……とにかく、急ぎましょう」

ホテルに着いて、田川さんは戸惑ったように言う。

「……ってか、どう探しましょう。ここ、出たのかな」

「聞いてみます」

俺は堂々と、ロビーのカウンターへ向かう。にこりと営業スマイルを浮かべるホテルマンに、身分証を示す。上下に開く、警察手帳と呼ばれている、その身分証……完全にアウトだ。私的に、こんなものを使うだなんて——けれど、けれど！

「警察です」

「……は、い」

さすがは一流ホテルの従業員、驚いたあと、すぐに笑みを浮かべて俺に対応する。

「田川さん」

横で瞬きしている彼女に、俺は言う。

「小野さんの写真はありますか」

田川さんはスマホを示す。俺はホテルマンにそれを見せた。

「……っ、あ、はい！」

「この男に心当たりは」

「……お客様の、プライバシーに関わることですので」

「女性を監禁している容疑がかかっています」

びくり、と彼は肩を揺らした。なにか知っている？　——たとえば、酔って意識のない美保を連れて歩くところを見た、とか……。もしなにかあれば、と俺は低く言う。

「見逃《みのが》したあなたの責任も問われるかもしれませんよ」

俺は彼の胸に光る「チーフ」の文字を見ながら続けた。少なくともこの時間、責任者のひとりではあるのだろう。彼はしばらく目を泳がせたあと、俺の身分証をじっと見つめた。おそらく、階級を見ている。警視、の文字は少なくとも彼に何らかの安心感を与えたようだった。諦《あきら》めたように、彼は部屋番号を口にする。

「鍵を」

カードキーを奪うように受け取るや否や、走り出す。田川さんが何か言ったようだったが、待つ余裕はない。エレベーターに飛び乗る。酷くゆっくりゆっくりと上がって行くような気がして、ただ唇をかみしめた。キーを通す時間さえもどかしく、扉を開けると……美保がいた。

少し涙目の彼女は、安心したように俺の腕の中に飛び込んでくる。

ぎゅっと、抱きしめた。胸が痛くて、安心と怒りがない混ぜになって——ただ、俺は拳《こぶし》を握り締めた。強く、強く。

「俺の美保に」

思わずそう、口からついて出た。

……ヒトを殺してやろうと思ったのは、生まれて初めてだった。

23　夕景

私が小野くんのアシスタントから外れた、っていうのを、帰宅した修平さんから聞いた。

「八重のアシスタントに異動……？」

告げられた決定事項をただ、反復する。

「話をしてきた」

修平さんは、淡々と続けた。話って……小野くん、と。だよね。

「あの人も、異動するそうだ。転勤も含めて」

修平さんは、スーツ……って言ってもクールビズでシャツとスラックスだけれど、のまま、ソファに座る。ベランダ側、掃き出し窓の向こうでは、夕日の残滓《ざんし》がほんの少し、紺色の空を朱色にしていた。私は麦茶をグラスにいれて、修平さんの前、ローテーブルに置いた。からり、と氷が揺れる。そのまま、ラグに座って修平さんの言葉の続きを待つ。

「俺は、……被害者は責められるべきではないと思っていて」

「被害者?」

「君はこの場合、そうだ」

「でも、あれは、私も悪くて」

「そうなんだ。少し自覚してくれ」

言葉に苛つきがあって、思わず口籠《くちご》もる。修平さんはハッとしたように口をつぐむ。

「……すまない」

いいえ、と小さく、首を振る。

「とにかく、俺はそう思っている。こういう犯罪は、……痴漢でもなんでもそうだ、そんな服装をしていたからだとか、夜道を歩いていたからだとか……そんなもの、加害者が一〇〇%悪いに決まってる、そう思っていて」

修平さんは目を伏せた。

「だけれど、今回。俺は君を責めたくなった」

「……それはそうです。私が」

「君は悪くない！」

修平さんは声を荒らげた。

「悪くないんだ、悪くなんか……だけれど、責めたくなる。なんであんなに飲んだ？　なぜ断らなかった、なぜあいつがいる飲み会なんかに参加した」

「……ごめんなさい」

「違う、君は、……悪くないんだ」

修平さんはソファから下りて、私を抱きしめる。ぎゅうぎゅうと。

「閉じ込めておきたい。俺以外が君に触れないように」

申し訳なくて、辛くて、私は言葉を失う。なにより情けないのは、修平さんがそんなふうに言ってくれるのを、どこか喜んでいる自分がいること、だった。なんて、醜い――感情。

自分に呆れる。私、こんなに性格悪かったっけ？　ぎゅ、と修平さんを抱きしめ返す。

「修平さん」

私はぽつり、と名前を呼ぶ。顔を上げた彼と目が合う。ひとつ、息をした。……向き合うべきだ。そう、思ってる。好きです、そう言わなきゃ。あなた以外、見えてないんだって、そう伝えなきゃ。

私のこと、好きでいてくれて――いるんでしょうか。そうなんじゃないか、って思ってる。私みたいなのが、誰かの一番になるなんて、その上で愛されるなんて、そんな夢みたいなこと……あったり、しますか？　でも、心臓がばくばくするばかりで、怖くて怖くて、口にできない。

思い出す――小学生とか、中学生の頃。テストを頑張って、クラスで一番をとったことがある。それこそ、何度も。両親は私を褒めてくれた。お兄ちゃんも、お姉ちゃんも、褒めてくれた。でも、私は知ってた。同じくらいの勉強量で、……ううん、もっと少ない勉強時間で、二人はクラスどころか全国でトップを何度もとってた。部活でも活躍して、雑誌のモデルにスカウトされるくらいの容姿で。夢中になれることをみつけても、二人は簡単にそれをこなして、私に『助言』をくれた。

こうしたらいいよ美保、ほら、やってごらん。簡単だから。すぐにできるようになるよ。

二人に悪気はない。むしろ――善意だけ。二人は、私のことを大事に大事に、可愛がってくれてたから。でもその瞬間、夢中になってた金色でキラキラの「それ」は、一気にメッキの剥《は》がれた「偽物」になって、私の手からこぼれ落ちていった。

『え、須賀川さんとこって三人きょうだいだったんだ？』

よく、驚かれた。周りの人から、私は見えてなかった。平凡なきみは、本当にあの二人の妹なの？　だから、私はいつもニコニコしてた。せめて誰の邪魔にもならないように、笑って譲って、一番になるのを諦《あきら》めた。それが一番――楽だった。わかってる。そうやって楽をするのは、逃げるのは、もうダメなんだって。

「美保？」

「……っ、晩ご飯、なにが食べたいですか？」

サバと豚がありますよ、そう笑ってみせると、修平さんは少し頬を緩める。

「なんでも。君が作ると、何でも美味しいから」

「……なんでも、が一番困るんですよねぇ」

修平さんの手を、頬に当てて。私はにっこりと笑った。

そうして……その日の夜、夢を見た。小野くんが、どいてくれない……夢だった。悲鳴を上げて、暴れる身体は簡単に押さえつけられて。恐怖でいっぱいになって、叫んで、叫んで、叫んで――

「美保！」

誰かが私を呼んでる。その声の主を、ぎゅっと抱きしめた――その瞬間に、悪夢は霧《む》散《さん》していく。安心する、温かさ。

「美保」

修平さんの、声がする。私は目を開けることなく、その身体にすり寄って、くっついて、蕩《とろ》けるように眠りに落ちていく。修平さんの、におい。

「美保、愛してる」

ああこれ、夢、なのかな。聞きたい言葉を、聞けちゃった気がする。……私も、って言葉は言えてたのかな、言えてなかったの、かな。

そんな風にまどろんで——起きたら、私は修平さんの上にいた。

「ひゃふっ⁉」

変な声が出ちゃったような気がしますよ⁉　修平さんの上で、うつ伏せになって、修平さんのおっきな身体に包み込まれるみたいに、優しく抱きしめられていた。

「起きたか？」

そう言って、修平さんは私の髪を優しく撫でてくれる——。修平さんの心臓の音。安心して、もう一度眠たくなって、修平さんにしがみつく。ああ、一日中こうできていたら、幸せなのに。

できれば、あの甘い夢の続きが見たい。願望の塊《かたまり》みたいな、夢だった。

そうして、もう一度あの「愛してる」が聞けたら……いいのにな。

24　告白の計画

もう一日会社を休んで、更に土日を挟んで、週明け。会社に行くと、小野くんはいなかった。

それでも、少し、指先が勝手に冷えて――。あんな夢、見たからかな。

震えをふりきるように、淡々と荷物を八重のブースへ運ぶ。

「あ、きたきた鮫川さん、よろしくね」

にこりと微笑んでくれるのは、もう一人のアシスタント、三春《みはる》さん。そのお腹は、もう随分大きい。

「いえ、よろしくお願いします」

私と小野くんのトラブルは伏せられて――九月から産休に入る三春さんの引き継ぎとして、八重のアシスタントに早めに入ることになった、という話にしてあるらしい。

「小野さんも急でしたけど、でもご栄転ですからね」

小野くんは、引き継ぎのための出張。来月から、大阪本社に転勤、とのことで。

「でもね、小野さん。あれ、栄転とみせかけて、懲罰《ちょうばつ》人事じゃないかって」

「……懲罰《ちょうばつ》？」

「そそそ。何したかは、わかんないんだけれど。職級も降格みたいだし」

そんな噂だよ、と三春さんは結んだ。私はなかば呆然と、その言葉を聞いていた。

「あ、来てくれたー。おはよっ、美保」

カツカツ、と高いヒールの音。さらりと巻いた茶髪が今日も綺麗。

「八重」

私は八重を見て、言葉を失う。八重は片眉を軽く上げて、私を廊下に連れ出した。

「小野のこと聞いたんだ？」

「うん。……ねえ、懲罰《ちょうばつ》人事って」

「そのままだよ。あいつ、全部上にゲロったから」

「ゲロった、って……」

「人妻に横恋慕《よこれんぼ》して、酒飲ませて酔わせてホテルに連れ込んだ。アンタの名前は出してないらしいけど」

「……っ、あれは」

「美保」

ぴしゃり、と八重は私の言葉を遮《さえぎ》った。

「小野を甘やかすの、やめな？」

「甘やかしてるわけじゃ」

八重は目を細める。

「あいつもさ、いちおう、オトナなんだから。責任くらい、取らせてやんなよ」

「……責任」

「ま、生温《なまぬる》いとは思うけど――アンタに会えなくなんのが、一番の罰かもね」

八重は少しだけ、笑った。

「あいつとアンタ、合わなかったんだよ。お互いをダメにしてた。その自覚はさすがに、もうあるよね？」

唇を噛んで、頷く。

「美保さ、昔。自分は冷めてて恋愛できない、小野は違うって言ってたよね」

お見合いする前にさ、と言われて、私は頷いた。そう――思ってた。小野くんに盲目になれない自分は、恋愛なんか向いてないんだって。

「でもそんなこと、なかったでしょ？　ダンナさんのこと、好きじゃん。アンタ」

「……うん」

「美保と小野、別れてはじめて、ちゃんと恋愛できたんだよ。美保はダンナに、小野は美保に」

ちいさく、頷いた。

「小野が今回、美保にやったのは最低なことだと思う。だから、小野をひとりの人間として認めてやりたいんなら、キッチリ責任取らせな」

「……わかった」

「腹の虫がおさまらないなら、今からでもダンナさんに言って警察に動いてもらえばいーと思うし」

小さく首を振って——これでいいんだ、ってそう自分に言い聞かせた。多分、私ともう会わないことが、小野くんにとって一番いいんだろう。私にとっても。もう、小野くんは……多分、私にとって、嫌悪《けんお》の対象になっちゃってる。

——ああ、嫌いになっちゃったな。ぼんやりと、そう思った。窓の外に目をやる。街路樹では、蝉《せみ》が忙しく鳴き続けているようだった。

(……よしっ)

心に決める。修平さんとは、ちゃんと向き合おう。そのために——告白、する。結婚までしてて告白、だなんて今更だとか思うけど、仕方ない。恋してるって気がついたの、そもそも結婚後だし。鈍いよなぁ、と自分に呆れちゃう。けど、告白なんて初めてで。考えるだけで、不安と期待が入り混じった鼓動がうるさい。

そんな風に迷ってたら、駅で花火大会のポスターを目にした。

「……ベタすぎます?」

花火大会で告白だなんて。でも、と私はむんと気合いを入れる。一生に一度の大告白だもん。いいんだ、ベタ過ぎるくらいで。私みたいな、平々凡々な人間には、それくらいがちょうどいい。

25　花火（修平視点）

なんとなく、いつもの雰囲気に戻ってきた、そんな週末の昼過ぎ。一緒に昼食を作って、一緒に食べて。いつもより、美保がはしゃいでいる気がした。妙なハイテンション、というか。理由は食べ終わってしばらくしてわかった。美保が唐突に大きな包みを抱えてリビングにやってきたから。

「修平さん、これ」

美保が取り出したのは――浴衣《ゆかた》？

「今日、花火大会なんですよ」

観に行きませんか、と美保は控えめに笑った。少しきょとんとして、それから頷いた。花火大会。そうか、それに行きたかったのか。美保が誘ってくれたのが、単純に嬉しくてすぐに頷いた。着付けは美保がしてくれた。ときどき至近距離で触れ合うのが、慣れているはずなのに妙に気恥ずかしい。

「器用だな」

「ほら、母が和服多いので」

濃紺の、その浴衣《ゆかた》はサイズも合っていて。

「……この浴衣《ゆかた》は？」

「実はこれ、母からです」

「そうか。何かお礼をしなくては」

「別に、そんな……でも、喜ぶと思います」

そんな会話をしながら着付けは終わって。美保は少し離れて、満足気に俺を見た。

「どうした?」

「似合うなぁって」

なんだかむず痒《がゆ》そうな顔をしている、美保。ほんの少し、頬を赤くして、頬を緩めて。

「そうだろうか」

嬉しげに、美保は頷いた。……そんな顔は、ずるい。

美保が着替えに寝室へ向かって――ややあって、美保も浴衣《ゆかた》に着替えてリビングへ戻ってきて……絶句した。綺麗すぎて、似合いすぎて。

「……あの、なにか変ですか?」

立ち尽くす俺に、美保は聞く。

俺は黙って、美保に近づいてその頬を撫でる。まさか、あの夢――以前、見た、月の夢。少しくすぐったそうに目を細める、美保。あの夢で見た和装の美保と、あの着物と似た浴衣《ゆかた》。

「修平さん?」

「危ない、せっかくの浴衣《ゆかた》を脱がすところだった」

「なぜ!?」

とりあえず煩悩《ぼんのう》は帰宅後まで封印して、二人でマンションを出た。手を繋いで、下駄の音を揃えて。駅前は俺たちと似たような人々で賑わっていた。改札を入り、電車に乗るが、通勤の満員電車もかくやというほどの満員。

「あー、ここまでの満員電車は久々です……」

困ったように笑う美保を、ぐっと自分に引き寄せた。

「掴まっていろ」

俺を見上げて、美保は照れたように笑って。ああこんなふうに、いつも閉じ込めていられたらなぁと思う。頭に浮かぶのは、そんなことばかり。俺だけのものにして、俺だけしか触れられないようにして。すぐにそんな妄想はかき消した。

――少なくとも、それは美保にとって幸せではないことくらいは、ギリギリ理性で判断できた。

花火大会の会場、その河川敷はまだ明るいというのに人で溢れかえっていた。苦しくなるほどの、人いきれ。管轄《かんかつ》の署は大変だろう、と思う。そういえばウチからも応援が出ているはずだ。美保は俺の指先を握って、楽しげに出店を眺めていた。春先と比べて、少し伸ばした髪をゆるくまとめて。それが夏の夕風にふわりと揺れる。思わず、手を繋ぎ直す。ぎゅっと。

不思議そうに、嬉しそうに、美保は俺を見上げた。つい緩めてしまった頬に、美保は頬を赤くして――心臓が跳ねる。ゆっくりでいい。時間はたっぷりあるんだから。少しずつ、俺を好きになってもらえたら、それで。――感触としては、なんというか、良いと思う。多分。

出店で食べ物を見繕《みつくろ》って、缶ビールも買い込んで、並んで河川敷になんとかスペースを見つけて座る。

「……ビール」

お酒を飲む、ということに対して複雑な感情があるらしい美保に、ビールの缶をかしゅりと開けてから渡す。俺と一緒だから。……これは、束縛にあたるのだろうか？　美保は思い切ったように、缶に口をつけた。目線を美保から正面にうつす。

「隠れてしまうだろうか」

花火が少しビルに隠れてしまうような気がして、それを美保に言う。すると、美保は笑った。

「あ、もっと場所探します？　私はこの辺からでも、十分……」

「俺はいいが、君は見たかったんだろう、花火」

事前に言ってくれていたら、花火が見えるレストランでも押さえていたのに。美保は首を横に振った。

「修平さんと、花火大会に来たかったんです」

「……俺と」

「なので、これで十分、です」

えへへ、と美保は笑う。俺はとりあえず、喉にビールを流し込む。可愛いのも大概《たいがい》にして欲しい。ごくりとその炭酸を飲みくだしたとき、ふと声をかけられた。

「鮫川くん？」

その声に振り向いて、ほんの少し──気づかれない程度だったとは思うが──顔をしかめたのは、この人のせいで羽鳥さんと妙なトラブルになった、と思わないでもなかったから。

「……お疲れさまです」

我ながら妙な挨拶になってしまった。羽鳥さんと仲の良かったゼミの先輩……あのホテルでのパーティーで、俺に羽鳥さんを任せたのはこの人だ。

「お疲れ。あ、そちら奥さん？」

「あ、すみません、お世話になってます」

慌てて立ち上がって挨拶をする美保に、大学の先輩だと紹介をする。先輩はじろじろと美保を見て、そのあと肩を竦《すく》めた。

「……なぁんか、仲良さそうだね？」

その言葉になにか含みがありそうで、知らず眉間にシワを寄せた。

「いや、ほら。聞いてた話と違うから。その、清美から」

先輩の言葉に、顔をしかめる。美保が少し不思議そうな顔をして、「羽鳥さんのことだ」と端的に美保に伝えた。美保は、なんだか不思議な表情をする。

「あの子から、鮫川くんとこは仮面夫婦なんだって。少なくとも、鮫川くんは」

舌打ちをこらえた。なにを周りの人間に吹き込んでいるんだ？

「……見ての通り、ですが」

言葉に苛つきを含ませて、美保の手を握る。

「大事な妻です」

最愛の。

先輩は苦笑した。

「ごめんね、その折は。清美の一世一代だったからさ、つい協力しちゃって」

「……知ってたんですか」

随分なハラスメントを受けたんだ、と正直、苛つく。ハラスメントというか――犯罪だ。連れ込まれて性行為を迫られる。……俺が男だから、自分でも軽視しがちではあるけれど――。羽鳥さん本人さえ気がついていないと思う。自分が加害者であるということに。

「というか、一世一代？　なんの話です」

えっと呟き、先輩はぽかんと俺を見た。それから目線を彷徨《さまよ》わせて、小さく「奥さんもいらっしゃるし」と呟く。イラッとして、一つ深呼吸をした。なんの話だ？　美保が少し不安げな顔をしている。そんな言い方をして、誤解されては堪らない。

「一世一代の、俺を追い落とす猿芝居ということですか？」

語調が荒くなったのは、仕方ないと思う。今までの嫌がらせの積み重ね、前回受けたあの仕打ち。

「猿、ってひどくない？　鮫川くん。あの子、あれでも十年くらい君に片思いしてるんだよ」

「……は？」

思わず漏れた声と、繋いだ美保の手が強くなるのと。

ぴかりと光る。少しして爆発音――振り向く。川の向こう、少しビルに隠れたその隙間のような藍色の空に、色とりどりの火花が散っていた。

先輩が土手を登っていって、俺はふ、とあの人は黄色いダァリヤだったのだな、と思う。

赤いダァリヤの取り巻きの、黄色いダァリヤ。美保を見る。美保もまた、俺を見ていた。

「……やっぱ、あの人。修平さんのこと」

「言わないでくれ」

ため息をつきたくなる。白河先輩もそんなことを言っていたが——なんだ、それ。十年？　俺を好き？　……じゃあ、なんであんなに俺に突っかかって？　好意ゆえの意地悪？　いや、意地悪というレベルではなかった。人格の全否定までされたことがあるぞ？　……それに、興味がなかったので不確かだけれど、確か学生のときも社会人になってからも、あの人には恋人がひっきりなしにいたはずだ。やたらと恋愛相談はされたけれど——と、やっと気がつく。

白河先輩と、さっきの先輩の言うことが本当なのであれば、だが……あれは、俺の気を引くためにしていたことかもしれない、と。……付き合わされた相手はたまったものではないな。

「美保、気にしないでくれ。あの人たちのことは」

小さく、ため息をついた。羽鳥さんとは、ただでさえ顔を合わせたくないのに、余計に顔が合わせづらい。せっかくの美保との花火なのに。美保が俺と来たいと言ってくれた、花火なのに……妙な水を差されてしまった。その苛つきで、小さく口走る。

「一方的で、意図しない好意というのは……愉快なものではないな」

相手のことなんか思いやることもなく、子供のように傷つけて。全否定して、自分の思う通りの行動を取らせようとして。それが好意だと？　なにか違うと思う。もっとそれは、甘やかで優しいもの。

たとえば——美保が、俺にそうしてくれているような。頬が熱くなる。

視線の先で、また花火。光の後に音が鳴る。美保の視線に気がついて、美保を見遣《みや》った。

「……美保？」

穴でも空《あ》きそうなくらいに、俺を見つめていた。

「……意図しない、好意、は。不愉快ですか？」

「どうした？」

その滑らかな頬を撫でると、美保はなんだか、柔らかに笑った。その笑顔に、少しの不自然さがあるような気がして、不安になる。

「美保？」

「あのっ、修平さんっ」

美保は焼き鳥のパックを開ける。

「これ、半分こ、しましょ？」

「それは構わないが」

どうした？　その俺の問いに、美保が答えてくれることはなかった。美保ははしゃいで、楽しそうで。俺も時間を忘れた。そうして、帰り道——迷子を、見つけた。

「どうしたの？　ママは？」

人混みの中、美保は迷わずその子供に声をかけた。そうして、その女の子の腕をとって、優しく隅に誘導する。五歳位、だろうか？　可愛く着付けられた金魚柄の着物。手に持ったアニメ柄の袋に入った、綿飴。反対の手には、屋台のくじで当てたのか、光るヨーヨー。しゃくりあげながら、女の子は言う。

「ママ、迷子になっちゃったのぉ……」

「そっかぁ、ママ、迷子なんだね」

美保は穏やかな声で復唱した。安心させるように。

「大丈夫だよ、いまからお巡りさんたちがいるところに連れてってあげるからね」

こく、と女の子は頷く。

「たしか、もう少し行ったとこに詰所、ありましたよね？」

俺は頷いた。警備の警察官が詰めている、白いテント。しかし歩き出さない女の子を、美保は迷わず抱き上げた。

「わ、重い〜。えらいな、よく食べておっきくなってんだね」

「……えりなね、背の順が五番目になったの」

「そーなの！　すごいじゃん、えりなちゃん」

えりな、そう名乗った女の子の履物で、美保の浴衣《ゆかた》が汚れていく。河川敷で遊んでいたためだろう、泥汚れがついていた。けれど、美保はまったく気にするそぶりも見せなくて。

「もうすぐママに会えるからね〜」

にこにこと、安心させるように笑って。

「俺が抱こうか」

す、と手を差し出すと、えりなは顔をくしゃくしゃにして、美保に抱きつく。

「あのおじちゃん、こわいよ」

……五歳（推定）からしたら、三十路《みそじ》はおじちゃんで仕方あるまい。

「あは、えりなちゃん。大丈夫。あのおじさん、お巡りさんなんだよ」

美保の少し楽しげな声。——お巡りさん。幼い俺が、憧れた職業。

『坊主みたいなやつが、警察官に向いてるよ』

くしゃくしゃの日焼けした笑顔。東北なまりの、その言葉。だけれど俺は、普通の「お巡りさん」にはならなかった——

「鮫川署長！」

白いテント、警察官の詰所で、顔見知りの年配の警官から敬礼を受ける。俺も敬礼で返しながら、えりなを預けた。

花火のスタッフと思われる女性が、名前や年齢を聞いて、迷子のお知らせの準備をする。

「おねえちゃん、行っちゃうの」

えりなは美保の浴衣《ゆかた》の裾《すそ》を握る。美保は笑って「ママ来るまでいるよ」とえりなの頭を撫でた。

やがて、お知らせを聞いたのだろう、慌てきった表情で、俺と同年代の男女が、人波をかき分けてきた。女性のほうは、えりなよりもう少し幼い男の子を抱えている。

「す、すみませんっ、……えりな！」

涙目の母親は、心配していたのがありありとわかる表情で。

「パパから離れちゃダメだって言ったでしょう⁉　ほら、ヨーヨーなんか持ってるからパパと手を繋げなかったんだよ！」

ぎゅうぎゅうと母親に抱きつきながら、えりなは泣き始めてしまう。

「こら、えりな！　聞いてるの？」

心配ゆえの、怒り。愛しているからこその、憤り。けれど、それをぶつけるときではないな……と冷静に見ながら、自分はできなかったくせにと、少し自分を省みる。——美保を責めても、どうしようもなかったのに。スタッフの女性が「まあまぁお母さん」と笑顔でなだめる。

「ご心配だったのはわかりますが……本人が、一番寂しくて辛かったでしょうし」

ずきりと胸が痛む。美保が一番辛かったはずなのに。——ビールを飲むことすら、躊《ちゅう》躇《ちょ》するほどに。普段は、気丈に振る舞ってはいるけれど——夢に怯えて、眠りながら泣いていた美保。本人は覚えていないのかもしれないが、ほぼ毎晩続いていた。抱きしめたときの、安心したような表情。俺が取り乱してどうする。美保は、このままゆっくりと回復していくかもしれない。逆に、傷が深くなるのかもしれない。どちらにしろ、隣で俺は美保を支えたい。……強く、あらねば。

「あ、こちらえりなちゃんを保護してくださった」

「ああっ！　すみません、ご迷惑を！　ありがとうございました」

安心したのか、泣きじゃくるえりなは、やがて母親の腕の中へ。小さな弟は父親に抱き直されて、きょとんと泣く姉を見つめていた。去っていく四人を見送りながら、美保は少し笑う。

「えりなちゃん、きっとママが良かったんですね。だからパパと手を繋がなかったんだ」

「そういうものか」

「なんですか、ねぇ……私」

ふたたび人波を歩き出しながら、美保は続ける。

「私の兄姉も、あんな風に我慢してたのかな」

「……まぁ、多少はあるんじゃないか？　俺も覚えがないではない」

「あ、そっか。一番上ですもんね、それも五人兄弟で」

美保は小さく笑って、首を傾げた。

「じゃー、そっか。あの人たちも、大変だったのかな」

美保は少し、すっきりした顔で笑った。その顔を見ながら、思う。もし、彼女を閉じ込めてしまったら……きっとこういう表情は、見れなくなる。穏やかで、控えめであるようで、実のところ結構行動的だ。迷わず迷子の子供の手を取るほどに。だから――縛りすぎれば、彼女はその闊達《かったつ》さを失う、のかもしれない……だと、すれば。

美保の手を握る。不安で心配で仕方なくとも、美保を信じて信用して……もちろん美保の身の安全には十分注意して。そうやって、自分の感情と折り合いをつけていくしかないのかもしれない。

「修平さん」

美保が俺に向かって、少し笑う。かがんでくれ、ってジェスチャー。その嫋《たお》やかな指が俺の頭を撫でた。

「お兄ちゃん、色々我慢して偉かったですね」

撫で撫で、と。驚く俺に、美保は「なんちゃって？」と首を傾げた。

「美保」

背筋を伸ばしながら、その名前を呼ぶ。なんですか、と美保は微笑む。

「俺はとても我慢してるし頑張っているので――ご褒美《ほうび》くらいはもらっていいだろうか」

「ご褒美《ほうび》？」

美保はきょとんとして、頷く。

「良いですよ、いくらでも」

「……言ったな？」

「言いましたけど、……なんですか？」

少し不思議そうな美保の手を引く。どうやらご褒美《ほうび》がもらえるらしい。

俺の目の前で、ご褒美《ほうび》が首を傾げた。

26　決意（修平視点）

イヤイヤ、と美保は首を振る。うつ伏せになって、俺に掴まれるように腰だけを高く上げ、淫《みだ》らに啼《な》きながら。

「ゃ、ぁんッ修平さ、ダメ、……ッ、すご……ぃッ」

「ダメなのか？」

グッ、と更に奥を突く。

帰宅して「ご褒美《ほうび》ってなにがいいですか？」と笑う美保を押し倒して、キスと舌と指で、美保を散々弄《いじ》って味わって。そうして、どろどろに蕩《とろ》けた美保のナカに、我慢の限界を迎えた自分を押し挿れて——じっくりと褒美《ほうび》を味わう。長男《おにいちゃん》に産まれて良かったなぁ。

「褒美《ほうび》をくれる、と言ったのは君だ」

「え、ぁうッ、そ、……んなつもりじゃッ、ァッ、そこ、ダメ、ダメ、ダメッ修平さんダメぇッ！」

とろとろに熱く、キュンキュンと俺を咥《くわ》え込んで喜ぶナカは、とてもダメだと思っているとは思えない。

「やぁぁあンッ」

着ていた浴衣《ゆかた》はもはやはだけて、かろうじて帯で身体に巻きついているだけ。白い肌は朱に染まり、しかし逆に、シーツを握りしめる手は強い力が入りすぎているのか、むしろ平素より白い。

「ッ、ぁ、んッ、イ、きそぉっ、イっちゃう……ッ」

シーツに顔を押し付けるようにして、くぐもった声で美保は言う。俺はほんの少し考えて、それから、ズルっとナカから抜いてしまう。

「や、は……ッ、修平さん……？」

少し責めるような声。イきたかったのに、言外にそう伝えられて、正直グッとくる以外の感情がない。

「すまん。しかし」

形のいい耳を、するりと撫でて。

「イくところが見たい」

　美保を仰向けにして、こちらを向かせる。乱れに乱れた浴衣《ゆかた》が、欲情を更に煽《あお》る。仰向けになった美保は、すうっと目を逸らした。羞恥《しゅうち》で、目の端が赤い。美保の脚を掴んで上げ、ふたたび挿れながら、彼女の名前を呼ぶ。自分でも驚くくらい、甘い声が出た。とろりとした美保が、少し甘えるような目線をよこす。思わず、どくんと胸が甘く跳ねる。

「……やッ、おっきく……ッ」

「君がそんな顔をするから」

「ッ、どんな……っ⁉」

「そんな顔」

　我慢してゆっくり動くなんて無理で、ガシガシとほっそりとした腰を掴んで快楽を貪《むさぼ》る。俺の動きに合わせて、健気《けなげ》に上がる嬌声《きょうせい》。子犬のような可愛らしい舌が、淫《みだ》らに喘《あえ》ぐ。

「イ……、くっ、イっちゃう……ッ、修平さぁんッ」

　美保の優しげな目尻から、ぽろりぽろりと涙が溢れる。そうして、ぐりっと刺激を与えるように奥を突くと、美保はナカを蕩《とろ》けさせ、俺をきゅうきゅうと締めつけながら、腰を反るようにして、ビクビクとイく。甘すぎる痙攣《けいれん》。

「ふぁ、……ンッ」

　美保の満足気な、糖度の高い声。蠕動《ぜんどう》するように蕩《とろ》け、締め付けるナカを、更に突き上げる。

「ひゃ、……ぁう、ッ！　しゅーへーしゃ、んッ、ぁうッ、らめぇ、イってゆ、イ……ッ、てう、のッ」

ドロドロに蕩《とろ》けて、快楽ゆえに舌さえ回っていない。自分がそうさせていると思うと、堪らない愉悦が脳髄を蕩《とろ》けさせる。ビクビクと震え、蕩《とろ》け、きゅんきゅんと俺を咥《くわ》え込むナカを少し角度を変えて突き上げる。美保は俺の腕を掴んで、美しく仰反《のけぞ》った。ほぼ同時に、美保から溢れた液体が、じわりとシーツを濡らしていく。

「……ゃ、あ……」

「……綺麗だ」

ぐったりと身体から力が抜けた美保の、頬に触れる。綺麗で、可愛くて、愛おしくて——。

ぎゅ、と抱きしめる。ゆっくり、ゆっくりとした抽送《ちゅうそう》は続けつつ、美保の目尻の涙を吸い、額《ひたい》にキスを落とし、唇にもでき得《う》る限りの優しい、触れるだけのキスをして。

「しゅ、へーさん」

とろりとしたままの、美保が言う。

「ご褒美《ほうび》、って、これ……？」

「そうだ」

「でも、これ」

美保は相変わらず、蕩《とろ》けた表情のまま。

「私がキモチイイだけで、修平さんのご褒美《ほうび》には、……ッ、なってない……んじゃ」

一瞬ぽかんとして、思わず破顔する。

「君がキモチイイと、俺も気持ちいいんだ」

「でも……ッ」

美保は少し迷ったあと、ぎゅぅと俺の首に抱きつく。そうして「起きて？」と可愛く甘えた。

……そんな風にされたら、ホイホイなんでも言うことを聞いてしまう。美保を抱き上げるように身体を起こして、彼女を見る。俺と美保は、座って繋がったままの状態で。

「ご褒美《ほうび》、ですから……私、シます、ね？」

言い終わる前に、美保はぐちゅぐちゅと動き出す。うねるような、腰とナカ。

「……っ、ふ、ぁは……ッ」

激しい動きじゃない。むしろ、そのゆるゆるとした動きが、最高に気持ち良くて。上がってくる吐精《とせい》感に、思わず息を漏らす。美保が、ふわ、と笑う。

「あは、……ッ、気持、ち、ぃいッ、ですかっ、んぅ、修平さんッ」

くちゅん、くちゅん、とイヤらしい水音。

「私、のナカ。気持ち、い？」

首を傾げながら、美保は言う。可愛らしすぎて、俺は頷くので精一杯だった。美保のナカで膨張し切った俺のは、ギンギンと硬くなって、思うがままに欲を吐き出したくて仕方ない。けれど、もう少し楽しみたくもあり、ぐっと耐える。

「好き、ですか？」

美保はどこか切ない顔で、言う。

「……私と、エッチ、するの……ッ」

美保が動きを変える。ぐりぐり、とナカで押し付けるようなその動きがいたく気持ちいいのか、美保は苦悶《くもん》にも似た表情で喘《あえ》ぐ。ぷつん、と何かが切れた。そのままの姿勢で美保をまた布団に押し倒し、抱きしめるように、押しつぶすように、ただ腰を突き動かす。悦《よろこ》んでうねりながら締め付けて蕩《とろ》ける、美保のナカ。

「あぁッ、ぁッ、はぁ……うッ、んっ、やっ、ダメッ、イっちゃうッ、ダメっ、死んじゃうッ、修平さ、修平しゃあんッ、ダメっ、……ぁ、ぁ、やダっ、イ……く……ッ」

美保の、脳が蕩《とろ》けるような甘い声で鼓膜を揺らしながら、最奥に、ただ打ち付けるように、蕩《とろ》けさせるように、薄い被膜越しに欲を吐き出す。びくんびくん、と震える自分と、きゅうっと締まる美保のナカ。果てて、そのまま美保を抱きしめ直す。お互いの、荒い息。

「美保」

ああ、愛してると言えたらな。ひっそりと、誤魔化すように伝えるんじゃなくて、堂々と顔を見て。そっと顔を上げて、美保の顔を見る。とろんとした美保は、そうっと口を動かす。

「修平、さん」

そして、続ける。

「ダメ、ですよ？　私以外と、えっち、したら」

「……するわけがない」

知ってます、そう言って美保は静かに笑うから——さすがに、覚悟を決める。

きっちりと、ちゃんと、気持ちを伝えなくてはならない。誰より君を愛していると。

さらりと美保の髪を撫でる。気持ちよさそうに、美保は目を細めた。なんとなく、プロポーズのことを思い返す。あのとき言えなかった言葉を、今度こそ。……新婚旅行で、がいいだろうか。女心はわからない。けれど、できるだけ、なんというか……そう、ロマンチックというか、そんな雰囲気のところで。喜んでくれるだろうか。そんなことを夢想しながら、ゆっくりと目を閉じる。

美保はすでに、寝息を立て始めていた。

27　可愛い耳

「ヘタレ、このウジウジウジ川！」

花火大会明けの月曜日。そこでの顚末《てんまつ》を説明した私に、八重は容赦《ようしゃ》なくそう言った。

「あっそれ中学のときマジで言われたことあるからやめて」

「あ、ごめん」

八重があんまりゴメンって顔してないけど謝ってくれる。別にいいんだけど。虫のウジではなくって、性格的な……。のはず……。

「でもなんで告るのやめた？」

だって、と私は少しウジウジ。うん、旧姓でも新姓でもウジ川だー。

「だって、迷惑だって。好意は不愉快だって」

「言ったの？　ダンナさんが？　あんたに？」

「……違うけど」

「じゃあ告れ！　告白しろああもうめんどくさい！」

「ヒトゴトだから八重そんなこと言えるんだよ！　ほんとに不愉快だって思われたらど

うするの⁉　私生きていけない！」

「ええい、そのスマホ貸せ！　あたしが代わりに言ってやる！」

「やっ、やだやだやめてえっ」

お昼休み、ランチどき。会社近くの新しくできたカフェに、少し贅沢《ぜいたく》してランチを食べにきてみている。大騒ぎしちゃった私たちを、店員さんが白い目で……。慌てて縮こまる。

「あ、すみませーん」

八重が誰に対して、ってわけでもなく周りの人に向かって微笑みかける。いえいえ、って雰囲気になるから八重はすごい。

「ま、デモデモダッテご夫妻のことは置いといて」

「ひ、酷いネーミング」

私はともかく、修平さんはそんなんじゃないもの！

「いいのよこれで……。で、その赤いダァリヤさんが何だって？」

「……修平さんに、デートのお誘いを」

「はいアウト～！　訴訟準備始めるよっ、美保ッ」

「ダ、ダメだよ。大袈裟《おおげさ》にできない！　修平さんの出世に響くっ」

「出世にこだわるタイプに見えないけどね～」

私は黙る。――それは、そう。修平さん、どっちかっていうと、……むしろ、そこまで出世を望んでないヒトのような、気がしてる。

「んんん？　じゃ、どーして私と結婚したの？」

「アンタ、まだそれ言う？　……ま、いいか。そのうち解決するでしょ」

「なにが⁉」

「いーから。……てか、ダンナさん。そういうの報告してくれるタイプなんだね？」

八重は首を傾げた。

「あ、違う。たまたま目の前でそれが来たっていうか」

「あ、スマホ見ちゃった系？」

「そ、そんなことしないっ」

私は慌てて顔の前で手を振る。そ、そんな大それたこと！　……パスワードは知ってるけど。私の誕生日。なぜか報告されちゃったんだよね……。思い出して、少し、照れ。

「……なんでそれでニヤニヤすんの？」

「いやっ、なんでもっ」

私が修平さんの誕生日にしてたから、お返し（？）みたいにしてくれたんだと思うんだけれど。

「ふうん？　ま、いいか」

八重の追及が終わって、少しホッとする。そうして、少しだけ昨日のことを思い出した。夏になって、修平さんと私が一番意見が合わなかったのが「クーラーの温度」だった。修平さんは筋肉質だからか、少し暑がり。

『君の好きな温度でいいぞ』

とは、言ってくれるものの。なんか、暑そうだし。……結局、お互いの適温の間に設定してるんだけれど、私はそれでも少し寒い。だから、薄手のカーディガンを羽織って、ソファでテレビを見ていたら。

『寒いのか』

『あ、少しだけ』

『なるほど』

なにがなるほどかわからない間に、ひょいと持ち上げられて修平さんの膝の上に。

『こうしたら暖かいのでは』

『あ、あったかいですがっ』

暑くないのかなぁ。修平さんの腕の中に、すっぽり収納されてテレビを眺めた。修平さんはスマホで何か外国のニュース記事を読んでいる。なぜ外国だとわかったかというと、英語以外の何語かだったからです。勘でいうと、なんとなくスペイン語っぽい、なんて思いつつ、そのうち意識はテレビのほうに、ついついつい。好きな深夜番組バラエティの、ゴールデンタイム出張版。気がついたらまた、爆笑してて。あんまりにも面白すぎて、思わず修平さんの胸板に顔を埋《うず》めて肩を震わせる。

（あ、さすがに笑いすぎ？）

慌てて顔をあげると、穏やかに私を見ている修平さんと目が合う。

『……君の笑顔は、なんというか。とてもいいな』

とてもいい、と褒められた。なぜだか、不明だけれど。えへへ、と笑うと、さらりと頬を撫でられて、軽いキスが降ってくる。おでこ、鼻、頬、唇。修平さんの、無骨な指が私の耳の軟骨《なんこつ》を触った。

『……可愛い耳だなぁ』

『耳？』

うん、って感じで修平さんは頷いて——目が合う……あ、これ。えっちする、雰囲気、です、ね？　修平さんの、細められた目。どこか、切なそうな。テレビでは若手芸人がぎゃあぎゃあ楽しげだけれど、もう耳に入ってこなくて、ただ唇を重ねて。少しずつ、深くなって——

そのときだった。ヴ、と震える振動。ふたりして、つい目をやる。ソファの側に置いてあった修平さんのスマホが、新着メッセージをお知らせ。ロック画面に『お知らせ』で出ているのは……羽鳥さんの名前と、『デートしない？』っていう一言のメッセージ。

思わず固まる私を、修平さんは強く抱きしめた。

『……あの人は、なにを考えているんだろうなぁ』

私の目の前で、修平さんは『しません』とそれだけ、メッセージを返した。そうして、少し頬を緩める。私を安心させるように。

……っていうのを、少し恥ずかしいところを除外して八重に説明。

「ま、ダンナさんはアンタ一筋よね」

「一筋っていうか、……浮気とかそういうの、ヨシとしないひとっていうか」

ていうか、羽鳥さんのことは初めから苦手だったたっぽいからなぁ。

「その辺の不安はないいんだけれど……」

「愛されてる自信？」

「そ、そんなのはないよ」

「持ちなさいよ」

呆れたように言われて、私は首を傾げた。だから、持ちようがないんだってば。

そうして――十六時。仕事を終えて、会社のビルを出た私の前に、あの人が……赤いダァリヤさんが、立っていた。艶々の髪はゆるいウェーブ。ぽってりとした唇は、きゅっと引き結ばれて。まだ蝉もうるさい、夕方になりきれてない、昼間の暑さの残滓《ざんし》が痛いくらいに歩道のタイルから立ち上《のぼ》る、そんな中でも汗一つかかず、涼しげに立っていた。

けれど、その長い睫毛《まつげ》に縁取られた、一瞬息を呑んでしまうような美しい瞳は、この猛暑の中ひどく冷たい。

「こんにちは、須賀川長官のお嬢さん」

「……こんにちは」

私は数歩、歩いて赤いダァリヤ……羽鳥さんの目の前に。ううっ、身長差えぐいよっ。ひるみそうになる。私が平均ぴったりくらいで、羽鳥さんは多分平均よりよほど高い上に、(私が履いたら)ふくらはぎがつりそうな高いピンヒールを履いていた。……そりゃあ、警察官だからといって、現場勤務じゃないから走ったりはしないんだろうけど。羽鳥さんは、目を細めて腕を組む。

「少し、お話があるんですけれど?」

「……私にはありません」

ぐ、と彼女を見上げてはっきり告げる。できるだけ怖い(?)顔をしていたつもりだけれど、鼻で笑われた。

「アタシが、話があるって言ってるのよこのちんちくりん」

「ち、……!」

ちんちくりん!? 久しぶりに聞いたよそんな言葉っ。ていうかそんな風に言われる筋合いないんですけどっ。思わず言い返そうとしたとき、少し離れたところから――ほんの少し、の遠慮を含ませた声で、声をかけられた。

「なぁ、アンタ、まだソイツに用あんの」

仕事鞄を抱えて、立っていたのは小野くんで。一瞬目が合って、どっと冷や汗が出る。

すっと逸らされた、罪悪感に満ちた瞳。

「あーら。須賀川長官のお嬢様の、不倫相手」

「……っ、違いますっ！」

「違う！」

思わずユニゾン。羽鳥さんは「ハッ」と笑って目を細めた。

「どーおだか？」

「……羽鳥さん、行きましょう」

私は落ち着きたくて、羽鳥さんの腕を掴む。

「あら、話してくれる気になったのかしら？」

「なりました、なりましたから、さぁ」

とりあえず明後日《あさって》の方向に歩き出す私を、羽鳥さんは止める。

「車があるの。乗りなさい」

思わず押し黙る。そりゃ、私より凄い人なのは間違いないけれど……でも、そんな言い方されたら、普通にムカつく。ムカついたけど、……小野くんのそばに、あまりいたくなかった。小野くんは思案げな顔で見ているけれど、特に止める様子はない。

連れて行かれたのは、近くにあるコインパーキング。その中に、一際目を引く真っ赤なスポーツカー。羽鳥さんの車、これだったらイメージぴったりすぎて笑えないな……と眺めていると、羽鳥さんは迷いなくその車のもとへ。

「なにグズグズしているの？」

私は無言で、羽鳥さんの真っ赤なスポーツカーに乗り込む。ばん！とドアを強く閉めたのは、せめてもの抵抗だ。車は、どるんと派手な音をたててパーキングを出た。

「……どこへ行くんです？」

「さあ。決めてないけれど、少し話せるところかしら」

「なんの話ですか」

「主に、あなたと修平くんがいかに釣り合っていないかを諭すつもりだけれど？」

きょとん、とした表情で、羽鳥さんは言う。私は息を呑む。苛立ちと、図星（そりゃ釣り合ってないのは知ってるよ！）と、それから怒りで目の前がぐらぐらした。なんで、このひとに、そんな。

……でも、付いてきちゃったしなぁ。小さくため息。ちらり、と車の時計を見る。まだ十六時半前。さらりと話を聞いて、さっさと家に帰ろう。今日はサバの味噌煮で、修平さんはお魚も好きだから。

やがて、車が入ったのは、……小野くんとトラブルになった、あの、ホテル。羽鳥さんは笑った。

「アタシこれでも警察官なの。色々と鼻が利くのよ、くんくん」

にぃ、とぽてりとした唇を歪《ゆが》めて。

「あなたとあの上司クンとの、ふりーんげーんばー」

くっくっ、と羽鳥さんは笑う。そのまま、車は地下駐車場に滑り込んだ。

「……不倫、なんか、してない」

絞り出したような声は、動揺で揺れていて。羽鳥さんは快活に笑う。

「あーら、そお？　あは、いいのよ、そんなのはどうでも。さ、行きましょう」

いつのまにか駐車されていた車から、ふらりと降りた。ぐっ、と唇を噛む。……なにを企んでいるの？　修平さんを、好きなだけ？　それにしては、行動がよくわからない。

エレベーターでロビーまで上がると、そのままカフェテリアに誘われる。羽鳥さんが名前を告げると、私たちは個室に通された。明らかに予約してあった。……どこ行くか決めてないって、ウソじゃーん……っ。最初から、ここへ来ようって決めてたんだ。ざわざわと胸がザラつく。

「お飲み物は」

ウェイターさんに問われて、私はメニューに目を滑らせる。……ああ、ダメだ。文字が目に入らない……というか、脳が文字だと認識しない。

「……ブレンドで」

とりあえず、そう答えると羽鳥さんは唇を歪《ゆが》めた。

「コーヒーぃ？　ねえ、知らないのぉ？　ここはね、お紅茶が有名なのよ。アタシ、ラプサンスーチョン、それからこのスコーン」

私たちの会話には一切の感情を見せず、ウェイターさんは去っていく。そして私たちのテーブルに飲み物が揃うまで、羽鳥さんも私も、口を開かなかった。

「……で？」

羽鳥さんが口を開く。思わず、私は首を傾げた。「で？」って、なぁに？　思案顔の私に、羽鳥さんは冷たい笑みを浮かべる。

「別れる気になった？　って聞いてるの」

「なりませんけど」

即答した。羽鳥さんは目を細める。

「なんで？　ねえ、そろそろわかってるでしょ？　あなたじゃアタシに敵わないってことくらい」

自信と自負に満ち溢れた、そんな目線と声で言う。

「修平くんの伴侶《はんりょ》に相応《ふさわ》しいのは、アタシ。修平くんのスマホの暗証番号、アタシの誕生日だったんだよ？」

「……え」

不思議に思う。修平さんのスマホの暗証番号は、私の誕生日で。……同じなの、修平さんは――知らなそうだな、って思ってしまった。

「だから、ロック解除してあなたに電話できたんだよ？　――ねえ」

羽鳥さんは、首を傾げた。綺麗な髪が、揺れた。

「アタシは綺麗。あなたはブス。アタシは頭が良くて、あなたはバカ」

「それとこれとは関係ありません。修平さんは……そんなことで伴侶《はんりょ》を選ぶようなひとじゃありません」

「そうねぇ」

その、白く嫋《たお》やかな指を、セクシーな口元に寄せて、挑戦的に羽鳥さんは笑う。

「出世のために選んだみたいね、とりあえず」

言い返せなくて、私は唇を噛む。だって、だってそれは――ほんとう、だから。傷ついた私の顔を見て、羽鳥さんの唇が愉悦に歪む。

「あ、それは自覚してるんだ？　ね、だから不倫したんでしょ？」

ぎらぎらとした、野性じみた瞳にたじろぐ。

「修平くんに、抱いてもらえないから――欲求不満で」

思わず、ぽかんとした。よ、欲求不満？　そ、それはない。だって、修平さんはとっても元気でいらっしゃって、何なら今日は朝から「出勤前の準備運動」を……って、それは今関係ない！

眉をひそめた羽鳥さんに、私は言う。

「だから、不倫なんかしてません！」

「どおだか？　っていってるの、証拠だって」

「ほう」

き、と扉が開く音とともに、聞き慣れた——安心する、声がした。

「聞かせてもらえますか、羽鳥さん」

修平さんが、立っていた。少し、肩を揺らして、呼吸を整えているのは……走ってきてくれた？

……っていうか、制服だ！　警察官の制服！　うわわ、似合う！　かっこいい！　なにこれ！　……って違う、興奮してる場合じゃない！　また心配かけた……！　思わず血の気が引く。私の姿をじっとみて、少しだけ安心したように頬を緩めて、それから羽鳥さんを強く、睨みつけた。

「その場に俺もいたのですが？　お聞かせ願いましょうか、その不倫とやらの証拠を」

「……あら修平くん、おつかれさま？」

羽鳥さんは優雅に脚を組み直した。

「羽鳥さん。一体何の真似《まね》です」

修平さんの、押し殺したような低い声。羽鳥さんは目を細めた。

「あ、なるほどね。公認だった、ってわけ？」

「何がです」

ちらりと私を見た羽鳥さんに、私の代わりに修平さんが答えた。つかつかと大股に私の席まで来た修平さんは、私の手をそっと取る。

「美保、帰ろう」

「……修平さん」

「ねえ、まだ話は終わってないのよ？」

「必要ない！」

修平さんは声を荒らげた。

「あんたは一体何なんだ。俺に何をしようと構わないが、美保を傷つけるのだけはやめろ！」

ぐっと唇を噛み締めて。

「美保に何をするつもりだった？」

「……べっつにぃ、なにも？」

羽鳥さんは優雅に紅茶に口をつけた。少し変わった香りの、その紅茶を本当に美味しそうに、羽鳥さんはこくりと嚥下《えんげ》する。

「単に、修平くんがカワイソーだなぁって思って？」

「……俺の、なにが可哀想だと言うんですか」

修平さんの声が、さらに低くなる。怒りを必死で抑えている、そんな声。

「だって可哀想だもの！　好きでもない女と、出世のために結婚して？　しかもブスで大して頭も良くなさそうな」

ばあん！　とテーブルが割れそうな音を立てる。修平さんがこぶしを、テーブルに叩きつけていた。握り締めた拳《こぶし》が、震えている。私のコーヒーと、羽鳥さんの紅茶が、少しこぼれた。

「……俺の妻をそれ以上愚弄《ぐろう》してみろ」

修平さんの、顔は見えない。だけれど羽鳥さんは、驚いたような顔で修平さんを見つめていた。

「俺はあなたを絶対に許さない」

言葉の隅々にまで、広がる怒気。

「……ハッ」

取り繕《つくろ》うように、羽鳥さんは笑った。少し、引きつってはいたけれど……

「だって、そうじゃない！　だから不倫なんて認めたんでしょ？」

「だから、それはなんの話をしているんです」

「抱いてもないんでしょ？　その、嫁」

白魚のような、爪の先まで完璧に気を使われた指が、私を指差した。その場になって、やっと気がつく。ネイルの柄は——赤のダリアだった。

「欲求不満の嫁、でも修平くんは抱く気になれなくて、上司との不倫を認めたんじゃない？」

「……あなたは、何を言っているのか、わかっているのか？」

怒りを通り越した、って声で修平さんは呟くように言う。

「わかってるわよ。性のはけ口にもできないレベルの嫁もらって、か━わいそぉって言ってるの」

修平さんはしばらく黙る。その背中は、震えていた。……なんで、そんなに怒ってくれるのかな。私はいろんな出来事に頭がついていかなくて、ただ修平さんの背中を見つめていた。

ふ、と修平さんの背中から力が抜ける。

「美保」

振り向きながら、名前を呼ばれて顔を上げた。

すっと横抱きに抱き上げられて、考える間もなく、唇を奪われた。重なる、その、少しだけカサついた、「いつも」の修平さんの唇。

「しゅ、修平さん、一体何を……ふぁ、っ」

抵抗しようとした口に、ぬるりと入り込んでくる、修平さんの少し分厚い舌。その舌は、私の口の中で触れてない所はないってくらいに、私のことを知っている。つまり、……人前だっていうのに、それでも気持ちよくなっちゃうくらいに、私のことを知ってる、深い、深い、蕩《とろ》けそうなキス。つい癖で、修平さんの首に腕を回す。角度を変えて、キスがさらに深くなって。

「……ん、ぁ」

こくり、と修平さんのか、私のかわからない唾を呑み込まされて、それでやっと、唇が離れた。身体が震える。きゅ、と私を抱きしめる強い腕。

「すまない」

修平さんの声に、私はふるふると首を振った。な、なにがなんなの……？

「……な、なにしてるの!?」

やっと我に返ったらしい羽鳥さんが、裏返った声で叫ぶ。

「この通り」

修平さんは私を抱き上げたまま、羽鳥さんを睨みつけた。

「俺は彼女のことを、とても詳しく知っています。……邪推もいい加減にしていただきたい」

「……なっ」

「美保の、どこに触れたら彼女が気持ちいいのか。どこが好きなのか、……どう反応するのか、そのすべて」

修平さんはそう言いながら、私の耳の軟骨《なんこつ》を甘噛みした。

「……ひゃうっ」

我慢しようとしたのに、舌で溝《みぞ》を舐められて、思わず声が出た。な、なにこれどんな感情でいたらいいのっ⁉　フワフワする頭で、ただ修平さんにしがみつきながら、私はそんなことを考える。

「……性欲の発散程度には、役に立ってるみたいだけれど」

羽鳥さんはほんの少し、震えていた。

「ね、修平くん。冷静になろう？　ねえ、そんなに須賀川長官に気に入られたい？　出世したい？　ねぇ」

どこか、懇願《こんがん》するような、そんな表情。さっきまでの、自信たっぷりの顔が、少しだけ歪んで見えた。

「アタシたちなら、民間でもっと成功できる。起業してもいいし、……アタシ、フランスで実業家のかたとも懇意になったの。ね、修平くん」

羽鳥さんは立ち上がる。スラリとした肢体。出るとこは出て、細いとこは細くて。きっと、パーフェクトな、女性。

「性欲発散なら、アタシ、付き合うよ？　そんな貧乳じゃなくて」

「いい加減にしろ！」

私は思わずびくりと身体をはねさせた。それほどに、怒りを内包した声、だった。怯えた私に気づいたのか、気遣うように、修平さんは私を見た。それから、ひとつ大きく深呼吸をした。落ち着け、って自分に言い聞かせるように。

「……っ、言ったはず、です。妻を愚弄《ぐろう》すれば、許さない、と」

「何を言ってるのか、わからない、アタシ」

「いいですか、羽鳥さん」

「アタシ！　アタシ……！」

羽鳥さんは、ひとつ、呼吸をした。

「仕方ない、わね。修平くん、素直になれないみたいだから」

そう言って、優雅に笑う。いつのまにか、また自信たっぷりの表情に戻って、そうして、笑った。

「アタシ、修平くんのことが好きなの」

どう？　って顔で羽鳥さんは修平さんを見て笑う。

「……っ」

思わずしがみついた、修平さんの身体。安心させるように、修平さんは私を抱く手の力を強くする。

「美保……少し、出ていてくれないか？」

修平さんは、感情を押し殺した声で言って、それから私を見て頬を緩めた。大丈夫、ってその顔は言ってて。私は小さく頷く。ゆっくり床に下ろされて、頬を撫でられた。

「すぐ追いかける。ロビーにでもいてくれ」

「……はい」

返事をして、扉に手をかける。視線を感じて振り向くと、勝ち誇った顔の羽鳥さんと目が合った。なんだか苦しくて、思わず口を開く。

「可哀想」

ぽつりと出た言葉に、自分でも驚く。可哀想、だった。切なかった。

「は？」

苛立ちのある声を無視して、私は扉を閉めた。ホテルの、ふかふかの紅の絨毯を歩きながら、私は思う。……あのひとは、可哀想なひとだ。自信に満ち溢れて、何もかもが彼女のもののようで、なにひとつ、彼女のものじゃないんだ。ほとんど知らないひとだけれど、それだけはヒシヒシとわかった。そうして、なにより感じる切なさは――きっと、同じ立場だから。修平さんに、片思いしてる、っていう。……なのに、私は……立ち止まって、泣く。

「……っ、う、ぐ」

声を押し殺して、廊下の片隅で、胸の痛みに、泣いた。私が選ばれたのは、たまたま――お父さんの、娘だったから。あの人と、私は……同じだ。羽鳥さんの、勘違いで勝ち誇った瞳。同じくらいの優越感を、私もあの人に感じてる！　私は修平さんの奥さんなんだって、そんな、汚い優越感。汚い感情が、ぼろぼろと涙と一緒に溢れた。

「美保」

背中に触れる、温かい大きな手。

「美保、すまない。もう終わった。大丈夫だ」

やさしく、修平さんは私の背中を撫でた。

「巻き込んですまなかった」

「……っ、しゅ、へーさん」

私はぐちゃぐちゃの顔を上げた。

「私、私っ」

「美保？」

「私、修平さんのっ、奥さんに、相応《ふさわ》しくない――」

そこまで言って、続きは修平さんの唇に塞《ふさ》がれた。

「ん、うっ」

「馬鹿な、馬鹿なことを」

ぎゅうぎゅうと抱きしめられる。

「君が、君でなくては、俺は」

「……修平さん？」

「だから、そんなことは二度と言わないでくれ」

頬を撫でられながら、そう……なかば懇願《こんがん》するように言われて、私はゆるゆると頷いた。

28　〝ダァリヤ〟（羽鳥視点）

可哀想？　え、なにが？　アタシは苛つきと一緒に、ぱたりと閉まる扉を眺めた。修平くんの嫁もどきが出ていった、その扉を。

ま、いいわ。ふ、と軽く息を整える。だってそうでしょ？　今から修平くんは、アタシを受け入れる。そのはずなのに……「俺はあなたが嫌いです」……修平くんの口から溢れた、信じられない一言に首を傾げた。

「……ごめんなさい修平くん、アタシちょっと鼓膜がバグってしまってるみたいで？」

「ではよく聞いてください、羽鳥さん」

修平くんの、落ち着いた声。

「俺は、あなたの気持ちに応《こた》えられません。嫌いだからです」

ぽかんと修平くんを見上げた。嫌い？　誰が、誰のことを？

「学生の頃から……あなたは俺を全否定してきました。てっきり俺は、あなたも俺のことを嫌っていると、そう思っていたのですが」

「そんな、んじゃ……」

ただ、アタシに見合う男になって欲しかっただけ。修平くんをチラッと見る。

「特にわからなかったのが、やたらと俺が本を読むのをやめさせようとしていたことです」

「あ、ああ……だってそれは、物語なんて、小説なんて……それも童話だなんて。人生の何の役に立つの？」

わからない。わからなかった。——本心から、わからない。ニセモノの作り話を読んで、他人の妄想を読んで、何が楽しいの？　修平くんは「そうですか」と静かに頷いた。

「やっぱり、俺はあなたが嫌いです」

ほんとうに、ほんとうに、わからない。

「……だから、俺はあなたと生きていこうとは思えません。……いや、正確には」

修平くんは続ける。

「美保を、妻を愛しているからです」

「は？」

思わず、低い声が漏れた。愛してる？　あのオンナを？　修平くんが？　アタシは手の先が冷えていくのを覚えた。そんな、……そんな答えは、想定してなかった。あり得ない。論理的に考えて、どう考えてもあり得ない事象は可能性から排除していい。ってことは、これは修平くんの本心じゃない？　アタシは微笑んでみせた。修平くんを、安心させるように。

「ねぇ修平くん、落ち着いて？　大丈夫、アタシには素直になって」

「本心からの言葉です」

アタシは混乱する。本心？　そんなはずない。スペックが、釣り合わない。恋愛感情なんていうのは、突き詰めて言えば繁殖のための本能。より良い遺伝子を残すための、生物として当然の行為。繁殖相手が番《つがい》に固定される種でないならともかく、ヒト、それも現代日本においては一夫一妻制。

なら、当然オスも、より良いメスを選ぶわよね？　それは生物として、当然の戦略。

「ね、考えて？　明らかに君とあの人、釣り合ってないよ？」

修平くんはじっとアタシを睨んでいた。まるで感情のこもってない瞳で——

「そりゃ、須賀川長官のお嬢さんでさ、お見合い持ちかけられて、断れなかったとは思うよ？　でも」

「お見合いの前から、俺は彼女に惚れていました。とあることで知り合いになって……一方的に、惚れていました。美保に……彼女に、片思いをしていました」

ありえない。あり得ない。だって、顔は——アタシのが、美人よね？　スタイルだっていいよね？　頭だって、いいよね？　経歴だって、余裕で勝ってるよね？　アタシのほうが、選ばれるはず。そうでしょ？　いつだってアタシが選ばれてきた。いつだって、アタシは一番だった。混乱しているアタシに構わず、修平くんは話し続ける。

「お見合いの話があって、俺は……ほとんど強引に、話を進めました。彼女を手に入れるために。俺のものにするために」

ふう、と修平くんは息を吐く。

「彼女が手に入るなら、他のなにもいらないと、……そう思って」

「バカじゃ、ないの？」

ぐるぐるしている頭から漏れたのは、そんな言葉で。修平くんは、笑った。

「そうです、俺は筋金入りの馬鹿です。それだけ、美保に惚れています。惚れ抜いて、います。だから」

修平くんが、一歩足を進めた。アタシの気に入っている、端整な顔が近くにある。アタシの本能が、この人の遺伝子を残せってうるさい、その顔が。

「次に、彼女に近づけばもう容赦《ようしゃ》しない」

「……なに、を」

「生まれてきたことを後悔していただきます」

修平くんは低く、低くそう私に告げて、部屋を出て行こうとする。

「待って」

アタシはなんとか、そう口にする。わからなくて。なにも、わからなくて。

「修平くん、アタシのことダリアだって言ったじゃない。赤いダリア……」

修平くんは一瞬だけ、虚《きょ》をつかれたような顔をして、それからアタシに言う。

「俺が愛しているのは、赤ではなく白いダァリヤなんです」

「……白？」

「では失礼します」

今度こそ、ぱたりと閉まる扉。残されたアタシと、溢れたコーヒーと紅茶と、耳鳴りのしそうなほどの静寂。

気がついたら、ホテルの中庭にいた。太陽はいまにも暮れてしまいそうで、なのに蝉はまだ騒がしい。アタシはその日本庭園を、ふらふらと歩く。とにかく一度、頭を整理しなきゃ。――理論的に。体系的に。どこかに、座りたい……足が痛い。履き慣れてるヒールなのに、なんだかとても痛くって。たどり着いた四阿《あずまや》には、すでに先客がいた。白杖のババアと、その孫っぽいオンナ。制服着てるから高校生？　アタシは無視して、反対側のベンチに座る。二人はアタシに会釈《えしゃく》してきた。何も返さないアタシに、孫のほうは少し不審気な眼差し。ババアのほうは見えてないから、孫の雰囲気に少し不思議そう。普段だったら、この二人にどこか行きなさいよって言えるけれど、そうできないくらいに、アタシは混乱していた。

むわりと昼の熱気をまだ内包してる、夕方の風が吹く。ものすごく、苛ついた。

「あ、ほら、おばあちゃん。多分これでいけるはず」

孫の方が、そう言いながらババアにスマートフォンを渡す。アタシは胡乱《うろん》げにそれを眺めた。スマホだなんて。白杖ってことは、目が見えてないんじゃないの？　じ、とそれを見ていて、気がついた。このババア、こないだエレベーターで割り込みしてきたババアじゃん。あのときも、電車でスマホいじってるの（それも片耳にイヤホンをして）知ってたから、ニセ白杖ババアだと思ってたんだけど、……やっぱりね？　ババアは嬉しそうに「ありがとうね」と微笑んだ。

「急に、読み上げてくれなくなって」

「アプリとの接続が切れてたみたい。叔母さんにもやり方教えておくよ」

「ありがとうねぇ」

ニコニコと、それはもう、嬉しそうに。……ああ、ムカつく。

「一応、ちゃんと読み上げるか確認してもらえる？」

孫の言葉に、ババアは頷いた。

「じゃあ、……本棚」

ババアはスマホ（年寄り用？）のボタンを押して、それからそうスマホに音声で指示を飛ばす。

「宮沢賢治、『まなづるとダァリヤ』」

宮沢賢治？　アタシはモヤのかかった頭で考える。宮沢賢治……、修平くんの、好きな。

読んで何の意味があるか、わからない、あの物語。ババアの声で、ほどなくして、機械的な音声がそれを読み上げ始める。アタシはそれを、庭の池を眺めながら聞いていて——

眉をひそめた。

（……白い、ダリア？）

音声が語る、その物語は。

花の女王になりたい、赤いダァリヤ。彼女が語りかける真鶴が向かうのは、いつだって白いダァリヤのもと。物語を読まないアタシにだってわかる、真鶴が、彼が、愛しているのは、……！

『愛しているのは、赤ではなく白いダァリヤなんです』

頭がぐわんぐわんと痛い。アタシは立ち上がる。物語を読み上げ続ける、そのスマホ。その音声が、心底煩《わずら》わしい。

「な、なんですか？」

近づいてくるアタシに、孫のほうが身構える。

「……さい」

「は？」

「うるさいって、言ってるのよ！」

アタシは叫んで、ババアからスマホを毟《むし》り取った。

「あっ」

「ちょ、なにするのよ、おばあちゃんの！　返しなさいよ！」

くってかかってくる孫を突き飛ばして、アタシはスマホを床に叩きつけた。それからヒールで蹴って、蹴って、蹴って、蹴る。

「うちの孫になにするのっ」

アタシのほうに、ババアは杖を振り上げて猛進《もうしん》してくる。でもはっきり見えてないのか、杖は当たらない。ああ、まだスマホは壊れない。読み上げ続ける。

……蝉《せみ》がうるさい。それが頭の中で反響して、頭が割れるみたいに痛い。変な汗が、背中を伝った。

「お、おばあちゃん！」

孫が慌てて立ち上がる。

「誰か！　誰か来て！　変な女が！」

変？　変な女？　イラッとして、立ち上がった孫を池に突き落とした。ついでにスマホも——これで、静かになる。

ババアのつんざくような悲鳴。ほぼ同時に、警備員が駆けつけてきて……アタシを拘束する。

「放しなさいよっ」

「おとなしくしろ！」

警備員はアタシを羽交《はが》い締《じ》めにして、「警察！　警察呼んで！」と別の警備員に叫ぶ。

「そ、その人が急におばあちゃんのスマホを奪って、あたしを押したんですっ」

アタシを指差して、池から上がってきた孫は喚《わめ》く。その手には、あのスマホ。さすがに緘黙《かんもく》しているけれど……孫と、蝉《せみ》の声が、頭に響いた。破れそう。鼓膜が、脳が、壊れそう。

蝉《せみ》が急に、唐突に――ぴたりと、鳴くのをやめた。しん、と頭がクリアになって……

スマホがざざっとノイズを発する。それから、正気を取り戻したように、ふたたび物語を紡ぎ始める――

ああ、赤い、赤いダァリヤは、黒く枯れかけたあの花は――手折《たお》られて。

『赤いダァリヤはぐったりとなってその手のなかに入って行きました』

二度と、真鶴に会うことはない。

近づいてくる、緊急走行のサイレン。聞き慣れたそれは、パトカーのもの。

アタシはただ、震えながらそのときがこなければいいと、それだけを祈った。

29　サプライズの計画？

羽鳥さんとの望まないお茶会から一週間ほど経った、ある夜。リビングの棚の前で、修平さんがゴソゴソしていた。なんだろう、と背後から覗《のぞ》き込む。

「何か探し物ですか？」

修平さんはびくりと振り向いて、それから「何もしてません」って顔で「いや？」と首を傾げた。修平さんは抽斗《ひきだし》をぱたむと閉める。

「それよりデザートにしよう」

修平さんが冷蔵庫へ向かう。なにやら職場近くの駅ナカビルに、新しいスイーツのお店が入っていたとかで、「君が好きそうだから」と仕事帰りに買ってきてくれたのだけれど。

「はい」と返事をしながら、私はキッチンへ向かう。スフレっぽいチーズケーキらしいから、コーヒーでいいかな？　もう遅い時間だから、ローカフェインのものにして。

「わ、修平さん、見て、可愛いっ」

チーズケーキ（とても美味しかった！）を食べたあと、なぜだかやっぱりソファで修平さんに収納されて（正確には膝の上に乗せられて、うしろから抱きしめられて）テレビを眺める。ニュース番組の最後に、水族館で最近生まれたばかりだとかいうアザラシの赤ちゃんの映像。あんまりにも可愛すぎて、つい修平さんの腕を叩いて報告してしまった。修平さんは熱心に見ていたスマホから、目を離して目線をテレビへ。

「……白いな」

いや、たしかに白いんだけど！　アザラシの赤ちゃん！　感想が雑！　思わずケタケタ笑ってしまう。修平さんは「むむ」って顔をして、私の手を取る。指に触れて――それから続けた。

「……耳があるのがアシカだ」

笑ってる私の耳を、修平さんはゆるゆると触る。耳たぶに、軟骨《なんこつ》に、その溝に。そうして、耳を軽く、ごく軽く、噛まれた。ぴく、と身体を揺らす。修平さんが耳元で笑う気配がする。修平さんがソファの隅にスマホを置いて……私はその画面を思い切り見てしまう。あれ、これって……少しの疑問は、するりとTシャツの下に入り込んできた、大きな手に溶かされた。包み込まれる、ふたつの膨らみ。

「……っ、ぁ」

「もう勃《た》っていた」

ふくらみの先端を、きゅ、と修平さんの指が掴み、先に触れ、弄《もてあそ》ぶ。笑みを含むような、修平さんの声。

「期待していた？」

「してな、……はぅっ」

ぐにゅぐにゅと、形が変わっちゃうくらいに強く揉まれて、私は修平さんの腕にしがみつく。

「美保」

名前を呼ばれて、顔を上げて。唇が重なる。ぬるりと入り込んでくる舌先に、口の中が蹂躙《じゅうりん》されていく。応《こた》えようとした私の舌を、修平さんが甘噛みして、それが気持ち良くて、くぐもった声で喘《あえ》ぐ。修平さんの手が、腰とおへそあたりを撫でたあと、す、とショーツに入り込んできた。すっかり蕩《とろ》けてるソコに、ぬぷりと一本、指が沈んで。

「……は、ぁ……ッ」

思わず、ため息のように声が漏れた。動き出す指に、動きそうな腰を修平さんが押さえ込むようにもう片方の手で私を抱きしめた。

「ん、っア、ッ、ア、ア、ぁ」

ぐちゅぐちゅと気持ちいいところを擦られて、そうして、指が増やされる。

「ゃ、ぁあっ」

顔が熱い。自分から、脚を開いてしまう。は、ずかしいっ……のに、気持ち良くて。

修平さんは手の動きを速めて、その上に、肉芽をぐりぐりと刺激するから……私ははしたなく、イヤらしく腰を揺らして絶頂を迎える。トロトロになってる指を、修平さんは抜いて、わざとのように舐めてみせる。

「……ゃ」

汚いのに、って思うけれど、修平さんは余裕なカオをしてる。唇を重ねて、そうっと修平さんの、硬くなったモノに触れた。

「修平、さん」

私を見た修平さんに、小さな声でおねだりをする。

「これ、ちょーだい？」

修平さんはきょとんとしたあと、私の耳に噛み付いた。イったばかりの身体は敏感で、それだけの刺激で、またイきそうになる……。修平さんの、少しだけ、ひそめられた眉。

「……思い切りシたい」

酷く熱い声でそう言ったあと、修平さんは私を抱き上げて、寝室へ運ぶ。トロリとした私の頭の中は、もう修平さんと繋がることしか考えられない。

いつも通りの翌朝、カレンダーを見てふと気がつく。新婚旅行まで、あと二週間。

「美保、行ってくる」

「あ、はぁい」

ぱたぱたと玄関まで向かって、いつも通りのお見送りをする。ちゅ、とキスをして、修平さんが私の頬や頭を撫でた。心地よさに目を細めながら「いってらっしゃい」と手を振った。毎朝離れることが、やっぱりまだ、ほんの少し寂しい。

さて、少し掃除をして、もう一杯だけ、コーヒーを飲もうっと。そうしたらちょうど私の出勤時間……と、ふと、思い出す。昨日、修平さん何探してたのかな？　リビングまで戻って、抽斗《ひきだし》を開けた。一番上に、結婚指輪の保証書がきていた。もっと奥まで仕舞ってたはずなのに。保証期間と、指輪のサイズなんかが書かれたそれを見てて、気がつく。

「……そういえば、昨日」

修平さんがスマホで見てたサイトは「人気の指輪デザイン」って書かれたサイト。

……なんと。しゅ、修平さんっ。さすがに、わかりやすすぎ！　なんで、なんで？

なんのために指輪!?　だってもう結婚指輪もらったし、してるし、必要ないよね!?

「でも多分、プレゼントされると思うんだよね」

「あーはいはいご馳走さま」

「八重、聞いてようー」

私は八重にすがりつく。昼休み、休憩室の片隅で、お弁当を開きながら私は昨日の出来事をかいつまんで話す。

「なんのためだかわからないんだって！　誕生日も終わってるし、結婚記念日はまだ先……あっもしかして、別の人に!?」

ひとりサァッと顔を青くする私の頭部に、八重のチョップが降ってきた。

「その無駄な想像力を、なぜもっとプラス方向に活かせない!?」

「プ、プラス方向……？」

頭をさすりながら、八重をみやる。八重はにこりと笑った。

「新婚旅行、なんじゃない？」

「……あ」

新婚旅行！　それか！　結婚記念日のプレゼント、旅行で早めにくれる、とかなのかなぁ。サプライズ（バレてるけど）考えてくれてる、ってだけでものすごく嬉しい。

つい頬が緩んで、……じゃあ、と私は考える。私も何か、サプライズでプレゼントを用意しておこうっと！　ふふ、と思わず笑いが漏れた。修平さんより、上手にサプライズするんだから！

30　指輪（修平視点）

指輪のサイズが記憶の通りで間違いないのは、自信があった。……念のため、保証書も確認したけれど。さりげなく手を確認したときも、特にキツイ様子も緩い様子もなかった。

そうして、閉店時刻ギリギリに駆け込んだジュエリーショップで、俺は眉を思いっきりひそめていた。ガラスケースの中には、キラキラしい指輪たち。新婚旅行で、プロポーズのやり直しをしようと決めたはいいものの……いや、やり直し、とはまた違うか。告白、だ。一世一代と言っていいだろう。最愛の人に、自分の気持ちを伝える。……想像しただけで、緊張で冷や汗が出てきそうだった。

じ、と指輪たちを見つめる。……どれを選べばいいのか、皆目《かいもく》見当がつかない。

「贈り物をお探しですか？」

ショーケースの向こうから、にこやかに女性店員が話しかけてきた。素直に頷く。プロの手を借りるのが一番だ。

「妻に、プレゼントを」

「奥様に、でございますね。記念日かなにかでしょうか？」

目線を落として、指輪を眺めながら続けた。

「いえ……告白をしようと」

「……は？」

ぽかん、とされた。当たり前か。それから得心したように「ああ」と微笑まれた。

「たまにいらっしゃいますよ、そういうお客様。奥様も、プレゼントがあると怒りにくいようで」

「あ、……そうではなくて」

そっちの告白、と思われたのか。なにか言い出しにくいことを妻に伝える、と。

「妻に、好きだと伝えます」

「……？　あの、奥様に、ですよね？」

「ええ、妻に」

こうなれば言ってしまえ、と言葉を続けた。

「見合いでして。……きちんと、伝えていなかったなぁと」

「あら！　まあ、素敵」

いつのまにか、店員の数が二人に増えていた。

「奥様お喜びになるでしょうねぇ」

「ですよー」

きゃっきゃ、と女性店員たちはケースから指輪を見繕《みつくろ》い始める。

「でしたら、結婚指輪と重ね付けされるタイプが良いかしら」

「ハーフエタニティリングなんか、どうでしょう」

耳慣れない言葉を聞かされながら、その指輪を見つめる。

「エタニティリング、というのはこういった……メレダイヤというのですが、小粒のダイヤモンドをぐるりと指輪一周に埋め込んだものです」

「ですが、これですと手のひら側にもダイヤがございますので、少々気を使います」

「ですので、普段使いされるのであれば、こういったハーフエタニティリング、手の甲側だけにダイヤを埋め込んだものがオススメになっております」

「元々、エタニティリングは結婚記念日やお子様の生誕をお祝いして贈る慣習の指輪でございました」

「が、今では婚約指輪としても人気がございます」

小鳥のように、二人の店員は交互に喋る。……よく噛まないものだ、と感心した。

婚約指輪、か。なんだか、この「告白」に相応《ふさわ》しいような気がして、俺はその指輪を眺める。

その後も怒涛《どとう》のように捲《まく》し立てられ、指輪をズラリと並べられ……ふ、とその内ひとつが、ひどく美保に似合いそうな気がして、手に取った。店員の女性いわく「プラチナ」で「ハーフエタニティリング」の、その指輪。

気がつけば、それを購入して店を出ていた。……気に入ってくれるだろうか。

そんな一抹の不安と期待を抱えたまま、気がつけばあっと言う間に新婚旅行当日。

新幹線を降りた、盛岡《もりおか》駅。その空は青く蒼《あお》く、広い。もちろん街中なのでビル街なのだけれど、それでも「大きく」感じるのは……なぜだろうか。

「……空が、おっきいですね？」

美保が驚いたように、ただ入道雲を見上げてそう言った。照りつける夏の太陽で、足元には黒い、濃い影が落ちている。街路樹からは、蝉《せみ》の声。なんだか東京で聞くより静かな気がするのは、気のせいか。

「東京にほんとうの空はないらしいからなぁ」

「『智恵子抄《ちえこしょう》』──東北つながりですね」

笑う美保は、嬉しそうに歩く。風が吹いた。新幹線で、東京からたった二時間半の距離なのに、なんだか涼しい風に感じて、心地よい。風はさらりと美保の、伸びてきた髪を揺らす。美保の香り。同じシャンプーのはずなのに、まず俺からはしない、甘い香り。思わず抱きしめそうになるのを、手を繋ぐことで我慢した。手を繋ぐと、美保がひそやかに、本当に密やかに、笑った。嬉しそうに——それだけで、幸せになる。

予約していたレンタカーを駅前で受け取り、トランクに荷物を詰めた。一週間の、東北旅行。美保は、本当に楽しそうにガイドブックを胸に抱いて助手席に座った。

ふと、新婚旅行をどこにするか、という話になったときのことを思い返す。まだ結婚する前。婚約して、すぐだったか。お互い相手を、探り探りだった頃。

『新婚旅行、どこがいい？』

デートで、都内の植物園だったかを訪れたあとのこと。園内のカフェで、ふとそう聞いた。

『……どこがいいんでしょうかねぇ』

美保は少し、のんびりした口調で答えた。俺としては、どこでも彼女の行きたいところへ行くつもりだった。南極でペンギンが見たいと言われようと、カッパドキアで気球に乗りたいと言われようと、必ず連れて行く、そのつもりで。

『どこか、行ってみたかったところはないか？』

『……行って、みたかったところ』

美保は、少しだけ目を輝かせて微笑む。

『私、……イギリス海岸へ行ってみたいです』

『イギリス海岸』

宮沢賢治がそう名付けたその場所は、実際には北上川《きたかみがわ》の川岸だ。けれど、その風景は『全くもうイギリスあたりの白亜の海岸を歩いてゐるやうな気がする』……もの、らしい。

その、岩手の？　と言いそうになって考え直す。本家本元、イングランドのドーバーのことか。

『ドーバー海峡を見てみたい？』

『いえ、あの』

美保は少し照れたように言う。

『……岩手、の』

言った後に、慌てて美保は手を振った。

『いえ、大丈夫です、鮫川さんの行きたいところで。岩手ならまた機会があれば』

『岩手に行こう』

場所なんか、国内だろうが国外だろうが関係ない。美保が行きたいところに連れて行きたかったのだから。それに。

『……俺も、とても興味がある』

そう答えると、美保はぱあっと顔を輝かせた。可愛すぎて死ぬかと思った。

「あ、見て、ほら修平さん！　かーわい～」

回想をやめ、美保の指差す先に目線をやる。宮沢賢治の縁《ゆかり》の地……美保曰くの「聖地めぐり」は後日の予定。いまいるのは、駅から三十分と少し、の広い観光牧場。春に生まれたばかりだという仔羊たちが草を食《は》んでいる。

「わー、すごい食べてる」

羊が草を食べている、という事象にはしゃぐ美保がとても可愛らしい。

この間も、可愛かった。二週間ほど前、だったか。膝に美保を乗せていて、テレビでアザラシの子供が特集されていた。それにテンションが上がった美保が、俺の腕を叩いて知らせてくれて。

嬉しそうに、テレビを指差すものだから――美保が可愛すぎて、彼女のことしか頭になくて。……挙げ句に出た感想が『白いな』だった。美保は、そんな俺の感想の何が面白かったのか、本当に楽しげに笑って。

ぐい、と軽く、服の腰あたりを引かれた。

「ほら、来ましたよ」

餌をもらえると勘違いしたのか、ふわふわの子羊が数匹、こちらに向かってくる。

「……っ、かっわいいっ！」

指差す美保が可愛くて、俺から出た感想はやっぱり「白いな」だった。

美保は「羊も!? いえ白いですけど！」と笑った。まるで太陽の、日差しのような笑顔で。

31　迷子の思い出

牧場でソフトクリームや可愛い仔羊を堪能したあと、私たちは車で一路、海方面に向かう。

「いいのか？　わざわざ挨拶なんて」

修平さんは少し気遣わしそうに言った。

「いえいえ、ご挨拶！　したいんです！」

今から向かう港町は、修平さんのお母さんの出身地。修平さんのご親戚のかたに、折角なのでご挨拶しておきたかったのです。お婆様はもう亡くなられてて、お爺様にお会いするのは、結婚式以来。修平さんも、ここまで来たら会いたいだろうし。……決して海産物目当てじゃないですよ？　ええ、本当に――そう思ってはいたんです、いたんですけれども。

「……っおいしーい！」

私は満面の笑みで、海鮮丼を口に運んでいた。

「たくさん食べてねぇ」

修平さんの叔母さんは、にっこにこと私を見てくれている。お爺様も修平さんにお酒をついでもらいながら、（もちろん修平さんは麦茶）嬉しそうにしてくれていた。海が見える高台、そこにある大きな和風の一軒家に、修平さんのお母さんのご実家はあった。

「いやぁよく食べるお嫁さんだねぇ」

お爺様はうんうん、と頷く。すごく広い客間……になるのかなぁ、ガラス障子《しょうじ》の向こうは庭に面した濡れ縁。風鈴がくくりつけてあって、ガラスの向こうで時折鳴っているのが聞こえた。

夕方なんかは窓開けちゃうのかな。いまは（東北でもかなり暑いので！）クーラーをかけて閉め切っているけれど、風鈴ってすごく風流だな、と少し憧れる。

「お代わりもたくさんあるからねぇ」

ぽうっとしている私に、お爺様がにこにこと話しかけてくれた。

「っ、いえいえっこれ以上は」

ちらりと時計に目をやる。十五時。旅館の夕食が二十時だから、うん、これ以上はせっかくの旅館ご飯が入らなくなっちゃう。……すっごく、海鮮、食べたいけれど。今日の旅館は、お部屋に温泉もついてるんだよね〜。今回の旅行、何箇所か泊まるけれど、お宿もどれも楽しみだったりするのです。

『国内にして旅費が浮いた分、贅沢《ぜいたく》しよう』

修平さんがそう言って、お宿はどこもグレードアップしてくれて。お夕飯も楽しみだから、うん、ここで一旦セーブしなくては……。

ごちそうさまをして、お茶をいただいていると、修平さんが「美保」と声をかけてきた。

「少し、行きたいところがあるのだがいいか？」

私は頷く。修平さんが向かったのは、裏手にあるこんもりとした、小さな山。神社があるのか、石の鳥居と、階段になっている参道が静かに佇んでいた。参道の下から、ぼうっとそこを眺める。蝉《せみ》が木々全体から合唱していて、耳朶《じだ》を震わせる。

「……こんなに小さかったのか」

少し茫然《ぼうぜん》とした口調で、修平さんは呟いた。その言葉に、修平さんを見上げる。

「小さい頃、この山で迷子になったことがあった」

修平さんは、参道を歩きながら、ぽつりぽつりと話し出す。同時に、蝉《せみ》の声が降ってきた。

「え！　迷子？」

「あの家で犬を飼っていて、その犬と散歩するのが、好きで。散歩中に側道に入ってしまったんだ」

修平さんが目線を向けるのは、階段の上。もうひとつの石の鳥居と、お社《やしろ》っぽい建物も見えた。とにかくふうふう言いながら、一番上まで階段を上《のぼ》る。修平さんが手を繋いで、手伝ってくれた。修平さんが指差したのは、無人であろう形ばかりの社務所の、うしろ側の道。

「あそこに入ってしまって」

ジワジワ、と蝉《せみ》の声。木々を透《す》かして、夏の日が石畳に模様をつけている。

「しばらく歩いて。何もなかったので引き返そうとしたら、犬が足を怪我してしまって。座り込んでしまったんだ」

修平さんと私は、本殿まで石畳を歩く。ところどころ苔《こけ》むしたそれは、なんだか木陰もあいまって、どこか涼しい。

とりあえず、並んでお参りをした。一応、のように置いてあった賽銭箱《さいせんばこ》にお金を入れて、二礼二拍手。本殿横の案内板に、そこでやっと気がついて少し目をやる。ええと、神様は……ていうかご神徳《しんとく》、がっ。ひとりで赤くなる。だって「子宝」だったんだもの！　ちらりと修平さんに目をやると、木々の間から海を見ていた。落ち着け私！　修平さんが振り返る。目が合って、慌てて逸らした。軽く首を傾げたあと、さくさくと歩いて、修平さんは私が見ていた看板を見つめた。

「あの、えっと、違っ」

「……違わなくて、だな」

修平さんは少し、ほんの少し照れ臭そうに私の両手を手に取る。

「美保さえ、よければ、その……そろそろ子供を考えても、……と思っていて」

ざあ、と少し涼しい風が木々を揺らしていく。

「いい、だろうか？」

私は俯《うつむ》いて、小さく「はい」と答えた。うん、私、修平さんの赤ちゃん、欲しい。

「美保」

呼ばれて、顔を上げた。ちゅ、と降ってくる優しいキス。……そのまま、修平さんの少し分厚い舌が口内に入ってくる。その舌は、丁寧に、ほんとに丁寧に私の口の中をゆっくりと舐め上げて。びくびくと反応しながら、私は修平さんにしがみついた。私の腰と、後頭部に回っている修平さんの大きな手は、力が抜けていく私をしっかりと支えてくれていた。

ふ、と唇が離れる。寂しくて見上げた目線と、修平さんの熱い目線がぶつかる。

「そんな顔を」

修平さんは苦笑して、ちゅ、と私のおでこにキスを落とした。

「危なかった、こんな場所で君を押し倒すところだ」

「ひゃうん！」

ぺろり、と首筋を舐められて、変な声が出た。修平さんは少し楽しげ。もう！

手を繋いで、並んで階段を下りながら、話の続きを聞いた。さっきの、ワンちゃんが怪我しちゃったあとの話。

「あのとき、俺は五歳くらいだったかな。犬は中型犬で、当時の俺には持ち上げられなくて」

修平さんは苦笑した。

「そもそも、神社へは行くなと強く言われていたんだ。この近所を歩くだけだと——」

「わかります、子供の頃ってそうですよね」

私は少し笑う。相当怒られたんだろうなぁ。

「ひとりなら戻れた。けれど、置いてけぼりにした犬が、パニックになってどこかへ行っても困る。今思えば、リードを繋いでいけば良かったのだが」

階段を下り切って、修平さんは目を細めた。木陰が途切れて、私も眩《まぶ》しくて、一瞬、目を瞑《つむ》る。

「その場で、蹲《うずくま》って、ただ犬と、助けを待った」

「……そうだったんですか」

思わず修平さんの手をきゅ、と握る。心細かっただろうなぁ。

「どんどん日が暮れてきて、夕方になって、夜になって——犬に抱きついて、心細さで死んでしまいそうになったとき」

修平さんが、懐かしそうに目を細めた。

「駐在さんが、ライト片手に俺たちを見つけてくれて」

「駐在さん？」

「このあたりは昔、交番じゃなくて駐在所だったんだ」

交番じゃなくて、駐在所。お巡りさん住み込みの交番みたいなとこ。

「……ものすごく、カッコよく見えて」

修平さんはどこか、少年みたいな表情で言う。

「ああ俺もこうなりたい、と思ったんだ」

「……それで、警察官に？」

「いつのまにか、『お巡りさん』ではなくなっている気もするがなぁ」

そう言った修平さんの表情は、少し寂しそうに見えて——私は少し不安になる。修平さんを見上げた。視線に気がついた修平さんが、不思議そうに私を見る。……ほんとうは、修平さん。今の仕事はやめて、「お巡りさん」になりたいのかな。そうなったら、私。

私は——

「美保？」

修平さんの声に、ハッと首を振った。

「あは、ちょっとぼーっとしてました」

「大丈夫か？　疲れだろうか。水分は」

「とってますとってます、大丈夫」

微笑んで見せると、修平さんは気遣うように「早めに旅館へ行ってゆっくりしよう」と言ってくれた。私も頷く。

修平さんのお爺様たちに別れを告げて、また内陸方面へ車を走らせた。やってきたのは、なんといいますか、想像以上に素敵な旅館で、思わずはしゃぐ。

「わ、温泉」

旅館の部屋、大きな掃き出し窓の向こうはウッドデッキと、結構大きめの檜《ひのき》の露天風呂。背が高い竹製っぽい囲いがあるから、人の目線は気にならない。嬉しくて窓まで駆け寄った私を、修平さんがうしろから抱きしめた。ちろり、と首筋を舐められて、小さく声を上げて身をよじる。

「美保――さっきの続きを、しようか」

そう耳元で言う修平さんの熱い声に、私の鼓膜はすでに蕩《とろ》けそう、になってしまって。

旅館のお部屋は和室と洋室の二間続きになっていた。洋室のほうが寝室で、セミダブルのベッドが、ふたつ、置いてあったけれど。お姫様抱っこで、私をそのうちの一つに運んだ修平さんは、少しだけ楽しそうに、こう言った。

「もう一つは使わないいな」

なんかそれって、……恥ずかしい。清掃の人とか、あらベッド一つしか使ってないじゃない！　とか思うんじゃないかなぁ。

「美保」

優しく私を横たえて、のしかかる温かさ。首筋を、そうっと修平さんの唇が撫でる。

「ひゃ、っ」

思わずきゅっと修平さんを抱きしめる。耳元で、笑う気配がした。そのまま、その耳たぶを甘噛み。反応してしまう身体を、修平さんの大きな手が撫でていく。するりと服から入り込んでくる熱い、手。あっさりとブラジャーのホックを外して、膨らみを柔々《やわやわ》と掴む。

「……ッ、あ」

跳ねそうになる身体を、修平さんが優しく押さえ込む。膨らみを弄《いじ》る手は、少しずつ強くなって。

「っ、あ、あンッ、やッ、あッ、あッ」

勝手に喉から甘い声が出て——そこで、やっと気がつく。

「ッ、ふぁ……っ、修平、さんっ」

なんだ？　って顔で、修平さんは私を見て、額《ひたい》にキスを落とした。

「お、風呂。入っちゃえば良かったです、ね？」

だっていっぱい汗、かいたし、さすがに……汗くさかったら、やだよー。修平さんを見つめると、修平さんは頬を緩めた。

「いまからどうせ、汗をかくのに？」

「そ、そうなんですけど、ひゃあっ⁉」

ぐ、とトップスをめくり上げられて、胸が露《あらわ》になる。

「や、ぁ……」

いまだに「裸を見られる」っていうの、恥ずかしい。反応して、つん、と先端がタってるのも、恥ずかしい。恥ずかしいのに、きゅんとして思わず太ももを動かした。ナカがムズムズして、ぬるついてるのがわかる。

「……綺麗だ」

修平さんはそう言って、べろりと膨らみと膨らみの間を舐め上げた。

「や、ぁンッ、修平さんっ、汗、汚いよぉっ」

「汚くない。美味しい」

そう言って、膨らみの先端をちろりと舐める。

「や……ッ」

腰が跳ねる。修平さんは構わずに、舐めた先端を口に含む。修平さんのあったかな口の中で、くにゅくにゅと舌で弄《もてあそ》ばれ、その歯で甘噛みされ、ちゅっと吸い上げられる。

喉から甘い声が止まらない。

「あ、あンッ、ひゃ……ぁッ、ぁッ、ぁ」

腰が勝手に動く。欲しいって。欲しいって――欲しいって。

「……ヤらしいな」

修平さんは顔を上げて、低く言った。

「ふ、ぁ……ッ、ごめ、んなさ……っ」

「何を言っている」

修平さんは唇を緩めて、私に噛み付くようにキスをする。ぐちゃぐちゃにかき回される口の中。修平さんの手は、胸を離れて私の太ももへ。ゆっくり撫であげられて、そして、一番触れて欲しかったところに、下着越しにぐっと触れてくれる。すっかり濡れて、意味のなくなってる下着のクロッチ。喘《あえ》ぎたいのに、口は塞《ふさ》がれてて、うまく喘《あえ》げなくて、まるで溺れてるみたいにただされるがまま。

「ヤらしくて、最高に可愛い」

やっとキスが終わって、はふはふと息をしてる私にそう言って、修平さんの指はクロッチ部分をずらす。ぬぷりと入ってくる太い指に、私の身体は大きく跳ねる。

「ゃ……ぁ、ぁああ……！　あン……ッ」

ゆっくりと奥に進んでいく指に、ただ私は嬌声《きょうせい》を漏らす。ぐちゅぐちゅと動き始める、指。

「ふぁ、や、ア、はぅ……ッ、ヤダっ、しゅ、へーさんっ、やっ、やぁっ」

「君はすぐにヤダと言う割に、俺を離さない」

きゅうきゅう吸い付いて、とからかうように耳元で。かぁっと熱くなる頬と、増やされた指。

「は、ッ……ぁ……ぁンッ」

「何本入るんだろうか」

少し子供のような声でそう言って、修平さんは更に指を増やした、みたいだった。

「ヤ……ぁあッ、やめっ、やっ、あッ、あ、あ、あ……ッ」

バラバラに、動く指。

「何本だと思う？」

「わ、かんな……ッ、あ、……！」

修平さんは笑って、私の悦《い》イとこを、肉襞《にくひだ》の、擦られてキモチイイとこを刺激し始める。

「や、修平さんっ、ダメっ、そこっ、ダメ、ダメ、ヤダっ、イっちゃ……ぁッ」

「イけばいい」

「あ、はぅ、ッ、イ、くっ、イくっ、修平さ、ん、わたしっ、イ……ッ！」

淫《みだ》らなほどに私はハシタない声を上げて、修平さんの指で、あっけなくイった。目の前が、スパーク。きらきらと白い星が見えるみたいに……。頭がくらくらする。唇が塞《ふさ》がれて、でもそれは、優しいキスで。

「美保」

穏やかな声が、降ってきて。

「この旅行で、……君に、伝えたいことがあって」

蕩《とろ》けた頭で、その声をただ、聞く。

「受け入れてくれると、……嬉しい」

ぼうっとした頭が、勝手にネガティブな言葉に変換しようとして、慌てて否定する。だ、って。修平さん、赤ちゃん作るって。だから、私と別れたいとか、そんなんじゃない。ほ、と安心した。なんだろう、……それこそ転職、とか？　でもそうなったら、少し、不安になっちゃうかな。私、いつか……いらなくなっちゃわないかな。けれど、そんな思考の渦《うず》は、ぐちゅりと挿入《はい》ってきた、熱くて硬い、修平さんのに霧散《むさん》させられた。

「ぁあぁンッ！」

おっきくて、熱い！　脳が蕩《とろ》けて、涙がこぼれた。修平さんの、少しだけカサついた唇が、それを吸った。

「……っ」

修平さんが、少し眉根を寄せる。それは快楽によるものだってすぐにわかって、私は本当に嬉しい。ナカが蕩《とろ》けて、キュン、となる。

「あまり、……締め付けるな」

修平さんは私の髪を、頬を、撫でて狂おしそうに言う。ず、と動いて、修平さんのが奥に届く。

「ふ、……ぁッ！」

「すまん、止まれそうにない」

ぱちゅんぱちゅん、とイヤらしい水音が部屋に響く。ギシギシとベッドが軋《きし》む。修平さんは私の脚をぐっと広げた。

「ヤダ……っ！」

恥ずかしくて首を振る私を、満足そうに見下ろして、修平さんはそのまま抽送《ちゅうそう》を続ける。ぱかりと開かれた両脚。すごく恥ずかしいのに、気持ち良くて、快楽だけが頭まで突き上がって、きて。修平さんは、私の脚をぐうっと広げたまま、腰を持って抽送《ちゅうそう》を強める。

「やぁッ、ダメ、ダメ、ダメぇ……っ、修平さ、ぁんっ、らめ、っ、やぁ、っ、イっちゃう、う……ッ」

「……っ、美保……ッ」

そのまま修平さんは、私を抱きしめて。当たる角度が変わって、私のナカをほとんど突然ってくらいに、びくんびくんと痙攣《けいれん》が襲う。

「ぁ……ーッ！」

自然に、涙がこぼれた。目の前が幾何学《きかがく》模様。私から、液体がごぽりと溢れてしまうのを、感じる。イって、ビクビクして、きゅうきゅうと収縮してるナカを、修平さんは更に突き上げる。

（イってる、……のにっ！）

修平さんのが、ナカで少し、硬さを増す。……イきそう、なんだ。どくりと鼓動が跳ねた。

……赤ちゃん、作るんだもんね？

「美保、……いい、か？」

狂おしそうな、掠れた声に、私はただ頷くしかできない。修平さんの腰の動きが、はやく、強くなる。

「ぁんッ、あ……ッ、は、ぁあ……ッ」

私は壊れたみたいに、甘い声を、高い声で喘《あえ》ぐしかできない。溢れる水音とともに、奥にぐちゅんぐちゅん打ち付けられて――それから、修平さんが低く、声を漏らした。

修平さんのが、ドクドクしてる。私のナカを、修平さんが、満たしていく。どろりとぬめりと、トロトロと。ゆるゆると、修平さんは更に何回か、抽送《ちゅうそう》を続けた。全部全部、私のナカに、注ぎ込むみたいに。

「……美保」

修平さんの、どこか満足気な、声。頬に、額《ひたい》にキスを落とされて、そのあと、ゆっくりと抜かれた。お互い見つめあって、なんだか笑ってしまう。

「あっ」

笑ってお腹に力が入った拍子《ひょうし》に、どろり、とナカから何か出てきたのを感じる。……修平さん、の。

「やだ、出ちゃう……」

何だか恥ずかしくて、きゅっと太ももを閉じて、手でもソコを塞《ふさ》ぐ。な、何か出てくるよう。何か、っていうか、修平さんのなんだけど……。ナカに出されるって、こんなふうなんだ。なんだかしみじみと思っていると、ふわりと持ち上げられた。

そのままガラス扉を開けて、露天風呂へ。ちゃぷり、と二人して、浸かった。檜《ひのき》の香りと、さらりとした泉質が心地よい。お湯の温度も熱すぎなくて。ふたり、くっついたまま、お互い黙って耳を澄ました。

じい、じい、と夏の虫が鳴く。時折、ざあ、と風が木々を揺らす音。空を見上げた。月が細い。月光が明るすぎないおかげか、星もよく見えた。

「……わぁ」

「綺麗だな」

微笑むと、きゅ、と抱きしめられる。そうして、鎖骨《さこつ》を軽く、甘噛みされた。

「ひゃうんッ」

思わず上がった声に、修平さんは人差し指を一本、私の唇へ。

「……聞こえるぞ？」

「だっ、てっ」

修平さんが悪いんだもん！　いまのは絶対！　むにりと修平さんの頬をつまむ。軽くだけど。修平さんは、一瞬、ぽかんとした顔をしたあと、大きく破顔した。

（……可愛いっ）

こんなに笑う修平さんは初めてで、私は戸惑うし、なんで私の目には録画機能が付いてないんだろうなって思う。

「どうした？」

「しゅ、修平さんが笑うの珍しくて」

「……いつも笑ってるだろう」

「いえ、笑ってないですよ……、じゃなくて、笑ってはいるんですけど」

うん、正確には、笑ってる。でも多分、私とかご実家のご家族とか、修平さんの表情を見慣れてる人じゃないとわからない変化だったりもしますよ！

「そうだろうか。いや、無愛想なほうだという自覚はあるが」

むにむにと、修平さんは自分の頬をつねった。

「……そんなにか？」

なんだか不思議そうな顔。これも多分、見慣れてないとわからない、カオ。

「そんなに、です……あっは」

思わず、笑う。修平さんが可愛すぎて。私は笑いを堪《こら》えながら、その頬にキスをひとつ。

「大丈夫です、笑ってるの、ちゃんと知ってます。ただ、そんなに表情が変わるのが珍しくて」

「そうか。……幸せすぎたかな」

修平さんは、私の髪を耳にかけながら、穏やかに言った。

「幸せすぎて、訳がわからないから」

「し、あわせ？」

うん、と修平さんは静かに頷いた。

「美保、は……美保も、幸せでいてくれるだろうか」

「っ、あ、当たり前、ですっ」

私はぎゅうっと修平さんに抱きついた。ぎゅうぎゅうって、強く抱きしめる。気持ちが伝われって、抱きしめる。

ざあ、とまた、風が木々を揺らしていく。

どっどっどっ、って聞こえる心音は、修平さんのものなのか、私のものなのか——ただ抱きしめあいながら、私はもう、このまま溶けて一つになれちゃえばいいのに、なんて詮《せん》ないことを考えながら、ただ修平さんの体温を感じていた。

32　痛みさえも（修平視点）

美保が、大満足そうにぼすりとベッドに横になる。

「お、なかいっぱーい！」

「美味かったな」

幸せそうにはにかむ美保。その横に座って、やわやわと頭を撫でると目を細めた。小型犬か、人懐こい猫か、そんな雰囲気。……どちらかというと、小型犬だろうか。

美保はそのまま、手にしていた旅行本を読み始める。

「明日は、遠野ですね？」

「カッパが釣れるらしいぞ」

「え、うそ!?　あ、ほんとだ」

美保は遠野のページを見て、くすくすと笑った。遠野は民話や、妖怪なんかの伝承が残る土地だ。ゆえに、カッパ釣り体験、というのもある。もちろん観光の体験イベントとして、カッパ釣り気分が味わえるだけのもの。だが、なかなかに人気があるらしい。

「釣れたらどうする」

「えー？　お風呂で飼います」

きゅうとか鳴きますよ、と美保はくすぐるように笑う。

「明後日《あさって》は、花巻《はなまき》！」

「『聖地めぐり』だな？」

「楽しみですー！」

うきうきと美保は頬を赤くして、素直に笑う。その衒《てら》いのない笑みが、最高に好ましくて胸が苦しい。

「イギリス海岸、出現しますかね？」

「するんじゃないか、おそらくは」

イギリス海岸、そう呼ばれる北上川の河岸。上流の整備によって、宮沢賢治その人がそう呼んだ風景になるのは、今では非常に珍しい。しかし、観光イベントとして、時折放水量を調整し、「イギリス海岸」を出現させていた。その日程と、俺の仕事の兼ね合いで、新婚旅行が結婚してずいぶん経つ今になってしまった、というわけだった。

……そこで、と――俺は決意する。いや、決意してきた。美保が見たがった、一番訪れたがっていたその場所で……きっちりと、想いを告げる。指輪を渡して、君が好きだと、愛してるとはっきり告げて。あらためて、一生そばにいて欲しいと、その素直な願いを口にする。

……緊張してきた。美保の、その形の良い耳を撫でながら、こっそりと息を吐く。脈拍が速い――落ち着け。

実のところ、おそらく――うまく、いく。……ような、気がしている。自意識過剰でなければ、だけれど。さっきのことをふと思い出す――ベッドでの、美保。

『出ちゃう』

そう言って、太ももをきゅうとしめて、手で付け根を押さえて……俺が吐き出したその白濁が、こぽりとソコから溢れていて。イヤらしくていじらしくて、……正直に言うなら「堪らなかった」。

俺のものだ、と強く思う。独占欲。子供じみた、とても強い、そんな感情が余計に強くなり、同時に深く満たされた。……美保の、彼女のナカに吐精《とせい》した、そのことによって。

ぎしりと俺も横になって、うしろから美保を抱きしめた。一瞬、美保がぴくりと肩を揺らす。……さすがに、バレたか。すっかり肥大したそれを、美保の身体に押しつけて、構わず強く抱きしめ続ける。

「……あの、修平さん。そのっ」

もう一回どころか、何回でも……狂おしいほどの征服欲と、手に負えないほどの、庇護《ひご》欲と。命に代えても守りたいほど大切。並行して、俺の手でめちゃくちゃにしてしまいたいという欲求で身体が突き動かされた。

「ひゃう……ンッ」

浴衣《ゆかた》の上から、やわやわと膨らみを揉む。俺の手にちょうどいい、そんな大きさのそれ。思わず、呟く。

「……気持ちいい」

息が上がってきている美保が、不思議そうに反応した。笑って、その耳の軟骨《なんこつ》を甘噛み。美保の腰が軽く跳ねる。

「手が。君の手が柔らかくて、気持ちいい」

「あはっ、……んぁッ、ほんとぉ、ですかっ、ん、……ぁあんッ」

きゅ、と先端を軽くつねる。美保の声に甘さが増す。

「は、ぁッ、しゅうへーさんがっ、気持ちいいのっ、嬉しい……ッ」

喘《あえ》ぎながら、それでも美保はそう言ってくれる。喘《あえ》ぎながら快楽から逃れようとする身体を強く抱いて、浴衣《ゆかた》をはだけさせ直接触れた。

「あぁああ……ッ！」

美保の身体が、軽く、弓形に。

はぁ、はぁ、と呼吸荒く耳まで赤くして、美保は俺を見ようとしない。

「美保？」

「……イったのか？」

びくりと美保は身体を揺らす。イった？　胸だけで？

美保は、小さく小さく、頷いた。カッと身体が、熱くなる。美保が愛おしくて、辛い思いは何もさせたくないのに、めちゃくちゃに抱き壊したくなってしまう。起き上がり、美保の身体を仰向けにしてマジマジと見つめる。きっちりした浴衣《ゆかた》とは違って、部屋着としてのこんな浴衣《ゆかた》は、すでに乱れて、俺を興奮させる以外の用途は何もない。

「しゅ、へーさん……」

美保が微《かす》かに俺を呼ぶ。真っ赤になった頬、潤んだ瞳。はだけた浴衣《ゆかた》からこぼれる、白い乳房と、ピンと勃《た》ちあがったその先端。きゅ、と寄せられた眉、さっきまで無垢に笑っていた唇が、どこまでもイヤらしい、甘い声で俺を呼ぶ。

「修平さんの、ください……」

残り少ない理性が、どこかへ飛んだ。閉じられていた脚を開く。すっかり濡れそぼった下着。イった美保のもの、それに、奥から出てきた俺のもきっと混ざっている。

「……旅行中、君の下着は足りるんだろうか」

「う、実はそれ不安にっ」

買えばいいさ、とその薄い布を脱がしながら俺は笑う。美保も少し、笑った。

「できればコインランドリー、行きたいんです」

美保が油断して、そんなふうに言っているソコに、なんの前準備もなく自身を差し入れた。

くちゅ、という水音が、耳朶《じだ》に甘く響く。とろとろに蕩《とろ》けたソコは、あっけなく奥まで俺を導《みちび》いた。うねるように、誘うように。

「ひゃ、……ぁあッ⁉」

一気に、美保の悦《い》いところをえぐるように奥に押し込む。突然与えられた快楽によってか、美保のナカはきゅううっと締まる。また、腰が反って。美保の目から、ぽろりと涙が一粒。どうやらまた、イったらしい。

イったばかりのそこは、きゅんきゅんと俺に吸い付いて、熱くうねる。美保の息は荒い。は、は、は、と短い呼吸を繰り返すその唇に、俺の唇を重ねる。応《こた》えようとしてくれる、その子犬のような薄い舌を誘い出して、甘噛みして、ちゅっと吸う。同時に美保の腰が動く。悦《い》いところに当てるように、普段の控えめな美保からは考えられないような、淫《みだ》らな仕草で。……興奮しないほうがおかしい。

「美保……っ」

名前を呼んで、強く腰を打ち付けた。柔らかで熱い肉襞《にくひだ》がきゅんきゅん蕩《とろ》けながら締め付けてくる。

「あッ、あッ、あ、ぁあッ、修平さぁ、んっ、気持ち、イイっ、そこっ、そこっ、ソコ……ッ」

ただひたすらに、美保の悦《い》いところだけを。

「……っ」

俺も声が出そうなほどに、きゅんきゅん締まる、美保のナカ。美保と繋がるその先端から、蕩《とろ》けてしまいそうなほど、気持ちがいい。

「く、……っ、美保ッ！」

頭がくらくらする。ぎゅうと、押しつぶすように抱きしめた。美保の手が、俺の背中に回る。

快楽に耐えるその手は、強く強く、俺を抱きしめるから、きっと爪痕が残る。その背中の痛みさえ、甘くて愛おしいから、俺は本当にどうかしている。甘い靄《もや》のような、そんなもので頭がいっぱいになるのを覚えながら、ただひたすらに、快楽を貪《むさぼ》りあった。

お互いがお互いのもので、ベタベタにぐちょぐちょになって果てたあと、美保を抱きしめ直す。

くてりと力の抜けた美保の頭を、ゆるゆると撫でた。

「身体を、洗おうか」

「……ですね、さすがに」

美保は太ももをきゅっと閉じている。美保のナカから、とろりと出ているであろう俺の白濁を想像して、また熱が集まってくるのがわかった。知らず、苦笑する。……知らなかったが、俺は特殊な性癖でもあったのだろうか。美保がぎょっと俺を見た。

「……元気すぎません？」

「夕食に鰻《うなぎ》が出ただろう」

「即効性ありすぎません⁉」

美保の耳を、軽く噛む。そうして、耳元で囁《ささや》く。

「外へ行こうか。風呂で、もう一度」

「……ッ、ダメです、ダメっ。絶対声、我慢できないです……ッ」

イヤイヤ、と首を振る美保のこめかみに、キスをひとつ。

「わかった。今日は、諦《あきら》める」

「今日は、ってなんですかぁっ」

今回の旅行、宿泊する旅館はすべて部屋に露天風呂が付いているのだが、美保はそれを覚えているだろうか？　ふ、と唇をあげる。

「ダメ、ダメですよ⁉」

慌てる美保の額《ひたい》に、キスをひとつ。まぁ、そのうちチャンスもあるだろう。

33　邂逅《かいこう》（修平視点）

遠野は案外と、暑かった。

しゃわしゃわと降ってくる蝉《せみ》の声、土の道を歩く。かおる、草いきれ。俺と美保は、遠野の地を釣り竿片手に歩いていた。濃い影が、地面に落ちている。

「ふっふ、釣れますかねぇ」

「釣れたら面白いな」

釣り竿の先についているのは、きゅうり。観光協会で借りたこれで、この先にあるカッパ淵《ぶち》というところで釣りができる、とのことで——その道中。

「わ、なにこれ⁉」

美保が驚いて、見上げた。俺も少し目を瞠《みは》る。明るい黄緑の葉と蔓《つる》が、鬱蒼《うっそう》と。それらは網を伝って高く、青い空に向かって伸びていた。一面、その明るい黄緑に染まっている。

「ホップ畑？」

看板を見つけて、美保が不思議そうに言う。

「……ビールの原材料か」

さわり、と風がホップの葉を揺らして吹いていく。四、五メートルはありそうなホップが巻きついたネットが、いくつも並んでいた。まるで黄緑の壁。風が、その松毬《まつかさ》のような花をゆらす。どこか爽やかな、ハーブのような香り。

「……ビールのにおいがする訳じゃないんですね」

ふ、とその言葉に笑う。目が合った。いい香りの中で、美保が柔らかく笑う。ひどくそれが、夏の日射しに似合っていた。

ホップ畑を横目にしばらく歩くと、少し密集して生える木々の中、件《くだん》のカッパ淵《ぶち》が見えた。夏の木漏れ日の下、他にも数人の観光客が、楽しげに釣り竿を川に落としている。小さな川のせせらぎは、木陰も相まってとても涼しい。

「……子供ばっかりです、ね？」

美保が急に恥ずかしそうに唇を尖《とが》らせた。それはそうなるかもしれないな、と見回す。観光客は子供連れが多く、釣り竿を垂らしているのもまた、子供たちだ。

「ま、いっか。釣りましょ。そしてお風呂で飼いましょう」

美保は座って、きゅうりを水につけた。機嫌よく目を細める美保を見ながら、横に座って想像してみる——帰宅すると、美保とカッパが出迎える。少し面白いけれど、うん、美保だけでいい。できれば、——いずれは。美保が産んだ、(きっと可愛い) 子供たちと。

俺に似ないほうがいい、と割と真剣に思う。

「美保に似たほうがいいな」

「なにがです？　カッパ？」

美保がそう言ったとき、背後から声をかけられた。

「釣れますか」

少し嗄《しゃが》れた、男性の声。振り向くと、観光協会の腕章をつけた胡麻塩《ごましお》頭の男性が、にこにこと笑っていた。

「釣れませんね～」

「おや残念。昨日は何人か釣り上げていましたよ」

その人の冗談に、笑う美保。俺はただ、呆然とその人を見上げている。俺の視線に気がついたその人は、不思議そうに俺を見た。

「……なにか？」

「……吾妻《あづま》さん？」

「ええと」

少し考える顔になった吾妻さんは、少しの間の後、「ああ」と笑った。くしゃりとした笑顔。変わらない。東北なまりの、あの言葉。

「随分と、大きくなったなぁ。坊主」

蝉《せみ》の音が、鼓膜に響く。まるで、あの日に戻ったかのような、錯覚。山の中（実際にはそう深い山でもなかったけれど）、ただ犬を抱いて泣いていた俺に、この人は笑った。

『犬を守ってここにいたんだな』

誰かを守れる男なんだなァ、坊主は。そう言って、この人はくしゃりと笑った。

『坊主みたいなやつが、警察官に向いてるよ』

そう言って、被せてくれた少し大きな警帽の、あの感覚。忘れたことはない。俺の人生の指針、
その人が俺を見て、懐かしそうに目を細めた。


「良かったんですか」

「いいんだ、もう交代だから」

吾妻さんは「さあ上がって」と俺たちを玄関で手招きする。警察官を定年退職後、出身であるここ遠野に戻ってきたとのこと。観光協会でシルバーボランティアをしながら、奥さんと二人暮らしをしているらしい。お子さんたちは東京で家庭を持っていて、滅多《めった》に客人もいないからと、自宅に誘ってくれたのだった。

「お邪魔します」

美保と並んで、その少し新しい日本家屋を進んでいく。艶のあるヒンヤリした廊下、

吾妻さんはその先にあるガラス障子《しょうじ》の扉を開いた。濡れ縁に面したその部屋には、大きな座卓と床の間。客間のようだった。すすめられるがままに、座卓の前の座布団に座った。

「家内は出かけてての。これくらいしか出せないけど」

汗をかいた、麦茶のグラス。美保が恐縮しながら、それを受け取った。

「いやぁ驚いたよ。敏郎《としろう》さんのとこの孫だろ？　もういくつになる？」

「三十一に」

「そうかそうか、いや、おれも歳を取るもんだなぁ」

胡麻塩《ごましお》頭をつるりと撫でて、吾妻さんは笑う。

「しかし綺麗な嫁さんもらったなぁ」

「もったいないくらいです」

美保は俺の横で、赤くなったり謙遜《けんそん》のように手を振ったりと、忙しそうだった。

「いま仕事、なにしてるんだい。敏郎さんの跡を継いだわけじゃなさそうだけど」

俺は一瞬口籠《くちご》もって、それから答える。ハッとしたような美保の視線が、突き刺さった。

「警察官です」

吾妻さんは目を瞬いた。

「ほう、警官かい。へえ、身体もでかいし、それに……うん、向いてるよ」

「吾妻さん。俺は、あなたに……向いていると言われたから」

ぎゅ、と拳《こぶし》を握る。世界一、かっこよく見えた。俺を助けてくれた、「お巡りさん」。

「なんだ、照れるなぁ。所属はどこだい？　それだけガタイも良けりゃ、どこでも引っ張りだこだろう？」

「……警視庁管内の所轄で、……署長をしています」

こうなれば、もう洗いざらい話してしまおう、と口を開く。いつも胸にある、なにかの塊《かたまり》。迷い。俺は縋《すが》るように、吾妻さんを見つめる。彼は大きく笑った。

「なんだ！　そりゃ偉くなったもんだ、キャリアさんか！」

「……はい」

「うん、なるほどなぁ。あの坊主がなぁ……」

吾妻さんはなんだか感慨深げに腕を組む。

「俺は」

知らず出た、硬い声に美保が身体をすくめる。不思議に思いつつも、言葉を続けた。

「『お巡りさん』に憧れていたんです。けれど、……悩んでいるうちに、こんな道を選んでいました」

「ほう？」

からり、とグラスの氷が音を立てた。

「……今でも、現場に対する憧れから逃れられません」

吾妻さんも、美保も、黙って俺の言葉を聞いている。

「現場に固執《こしつ》するな、と上からは言われます。けれど」

働き出してより強くなった、現場の警察官《おまわりさん》として生きていくことへの、憧れ。

「犬って言われたよ」

吾妻さんの唐突な言葉に、首を傾げる。

「おれら現場の人間はさ、犬なんて言われたよ。ま、色んな含みがあんだろうけど。おれは刑事してたこともあるけど、ホシを追う、猟犬だって誇りに思ってる。交番詰めのときだって、最前線で市民を守ってんのはおれらだって」

「……その通りです」

そんな姿に、憧れた。

「でもさ、おれらにはできないよ。最前線の人間には」

「なにがです？」

「上と下に挟まれてさ、指示出して陳情聞いておエライさん立てて部下も立てて。刑事なんか我儘《わがまま》な生きもんだからなぁ、署長さんなんか大変だろう？　全体を見る目がいるよ、これは相当頭がキレなきゃできないことだよ」

いるかな、と吾妻さんは立ち上がる。そのまま掃き出し窓を開け、濡れ縁に立つ。手招きされて、そちらに向かう。ふらり、と美保もついてきた。

「ほら、あそこ」

「……鷹《たか》、ですか?」

吾妻さんの指差す先にいるのは、一羽の猛禽類《もうきんるい》と思《おぼ》しき鳥。

「犬はね、獲物を鼻で追う。鳥はああやって上から獲物を探す。全体を俯瞰《ふかん》してな」

吾妻さんはぴしゃりと窓を閉めて、俺を見上げて笑った。

「せっかく鷹《たか》の目を持ってるんだから、使いなさい」

「……鷹《たか》?」

「猛禽類《もうきんるい》の目をしてるよ、あなたは」

吾妻さんはよっこいしょ、と座布団に座り直す。俺はただ、呆然とその言葉を聞いていた。

それ以降、吾妻さんは何も言わなかった。ただ――背中を押された気がした。やれることをやれ、そう言われた気がして。

――俺の、やれること。

吾妻さんの家を辞して、ホップ畑の方向へ美保と歩きながらやっと俺は腑《ふ》に落ちた。

納得できた。悩んで、悩んで、それでも俺はこの道を選んだんだから……突き進む。俺なりの正義を、そうやって実現させていこう。――だいたい、迷う必要なんかなかった。俺
横を見る。美保はまっすぐ、前を向いていた。手を握る。この手を手に入れられたん

だから、俺は今までの人生を、辛かったことも苦しかったことも、まるっと含めて全肯定できる。生きてきた道を間違えたなんてことはない。絶対に思わない。君がそばにいてくれる、奇跡。

美保は立ち止まり、俺からするり、と手を解いた。

「美保？」

「……私、知ってました」

美保は俯《うつむ》いたまま、そう呟くように言った。

「修平さんが、仕事……辞めようかどうか、悩んでるって知ってました」

頬を緩める。心配させていたのか？

「もう大丈夫だ、腹は据わったから」

「ちが、くて」

顔を上げた美保は、泣いていた。

「修平さんっ、そんなに悩んでいたのに……私、私、自分のことばっかかで！　自分が嫌になる……」

「どうした」

その身体に触れようとして、避けられた。

「私、怖かったんです、修平さんが私のこと、要らなくなるんじゃないか……って」

「要らなく？　なぜ」

美保はしゃくり上げた。ぽろぽろと、綺麗な涙が溢れて。

「だ、だってっ。修平さん、しゅ、出世のために私と結婚、したんでしょ？　だからっ」

「……は？」

馬鹿みたいな、声が出た。涙を拭いもせずに、美保は続ける。

「もう要らないって言われたくなくて、避けてました、その話題。知ってたのに、知ってたのに……私、あんなに修平さんは真剣に悩んでいたのに。私は、自分のことしか考えてなくて……っ」

そんなことない、どうした。その言葉がどうしても出てこなくて。

「す、好きだから」

美保はしゃくり上げるように、そう言った。呆然と彼女を見る。いま、なんと？

「好きだから、修平さんが、好き。だから、離れたくなくて、私、私……ごめんなさい！」

美保が駆け出す。

立ち尽くしている間に、美保はホップ畑に駆け込んでいく。

上がる陽炎《かげろう》。かおる草いきれ。鼻を通る、ホップの毬花《まりばな》の香り。

美保、と——ただ妻の名前を、小さく呼んだ。

エピローグ・蛍光グリーンの、その下で

何やってるんだ。

何やってるんだ、私は！

ぐるぐると脳みそがシェイクになっちゃったみたいに、それでも私は走る。

ざあ、と風がホップを揺らして抜けていく。私はホップとホップの間を、ただ走る。

肺の奥に、ホップの爽やかな香りが入ってきて、それがなんだか酷く虚《むな》しくて、私は立ち止まった。

ミンミンミン、と蝉《せみ》が鳴く。じりじりと照りつける太陽。その日射しを透《す》かす、黄緑の……もはや蛍光グリーンのような、ホップの葉と、花。足元の影は、濃く、黒い。

「……はは」

乾いた笑いが溢れた。終わった――終わっちゃった。なに、あんなことベラベラ話しちゃったんだ、私。でも、耐えきれなかった。吾妻さんに、訥々《とつとつ》と話す修平さんの表情に、ずっと悩んでたんだなって、わかって、苦しくて。……ごめんなさい、って……思って。

私は修平さんの、奥さんなのに。気がついてたのに。知ってた、のに。……支えたかったのに。

……相談も、してもらえなかったね、……私。

ぎゅ、と手を握り締めた。ぽたりと涙が、地面に染みを作る。

私、結局は――ちゃんと奥さん、できてなかったのかな。その場に蹲《しゃが》み込んで……ぽう、っと振り返る。追いかけてきてくれてる、雰囲気はしない。……戻らなきゃ。修平さん、びっくりしてるよね？　戻って、謝って――どうしよう？

「どうしたら、いいんだろう」

「俺を殴ればいいと思う」

唐突にした声に、ばっと前を向く。顔を確認する前に、腕の中に閉じ込められた。強く、強く、ぎゅうぎゅうと。

「美保、美保、……っ、美保」

修平さんは、ただ私の名前を呼んだ。

「修平さん……？」

「美保、愛してる」

耳が壊れたのか、と身体を竦《すく》めた。――なにこれ？　暑くて幻聴聞いてる？

「好きだ。愛してる。そんな誤解をされていたなんて、させていた、なんて」

修平さんの腕の力が、強くなる。

「……俺も、君を失うのが怖かった」

「……え?」

「だって君こそ」

修平さんは、少し身体を離す。さらりと撫でられた頬。

「君こそ、……俺と結婚したのは俺がキャリアだからだろうと……だから、さっきの話だって言えなかった」

「さっき、の」

お巡りさんに、なりたいって話?

「君は、そもそも須賀川さんに俺と結婚するように言われて」

「い、言われてませんよ!?」

お父さんにそんなことは!

「イケメンだぞ、くらいしか言われてないです」

「……じゃあなんで」

「えっと」

私は頬に熱が集まるのがわかる。なんで、なんでって。……そりゃあ、気付くのは遅かったけれど、でも、それは。

「好きだったから」

私はそう答えながら、やっと気がつく。

さっき、修平さん、私のこと。

好きって言った？

愛してるって？

ゆるゆると、修平さんを見上げた。修平さんの頬が赤いのは、暑いから？

修平さんの顔が歪む。くしゃくしゃに。

泣いていたのも忘れて、修平さんの顔を見つめた。こんな表情は、とてもとても、レアですよ……と、抱きしめ直される。

「どうしよう、どこから話せばいい？」

「しゅう、へーさん」

「君を愛してて、君のことしか見えてないって」

修平さんの唇が、おでこになんだか乱雑に押し付けられた。

「ずっと好きだった」

「……あ」

「勇気がなくて、言えなかった……怖くて。弱くて。警察官の、くせに」

腰と、後頭部に、修平さんのおっきな手が回ってる。私は震える手を、修平さんの広い背中に回した。きゅ、と抱きしめて、首を振る。

「……ちが、修平さん。私が弱くて、逃げ回って、言えなかっただけ……」

「美保は悪くない。俺が」

「違いますっ、私が」

「いや俺が」

「私が」

目が合う。まったく同じタイミングで、噴き出した。なにこれ！

「ふふっ、あー、もー、……へんなのっ」

「ほんとうに」

笑いが止まらない。涙も止まらない。土の道に蹲《しゃが》み込んで、汗も涙もぐちゃぐちゃで、私たちは笑い合う。ホップの葉っぱと、毬《まり》のような花は、夏の陽を透《す》かす蛍光グリーン。

ふと、修平さんは身体を離す。左手を取られた。恭《うやうや》しい仕草で、修平さんは私の薬指に銀色の指輪をはめる。私はきょとんと、それを見つめていた。日射しを反射して、きらきらと輝く小さなダイヤ。

修平さんはそれから、大きく深呼吸した。

「美保」

「……はい？」

「好きです。愛してます。ずっと大事にするから、君以外見えないから。死ぬまでそばにいてください」

私はすう、と息を吸って修平さんの言葉の続きを聞く。

「すまない、俺は……口下手で、気の利いたことは言えない」

修平さんが、いつもの表情で言う。なんだか無愛想で、訥々《とつとつ》とした、そんなカオで。

「けれど、君に嘘はつかない」

「……はい」

「俺と同じ墓に入ってください」

私は思いっきり笑って、修平さんにしがみつく。それから肩を揺らして、笑った。

「味噌汁の次はお墓ですか～」

「……時代錯誤だよな、すまん」

「いいんです」

ぎゅうぎゅう、と修平さんに抱きつく。思いっきり、修平さんのにおいを嗅《か》ぐ。好きな人のにおい。好き。

「そんな修平さんが、私、好きなんです」

「……俺はそんなもんじゃないぞ。愛してるからな君のこと」

「私だって愛してます、私のほうが絶対好きが大きいです」

「そんなことはない、俺のほうが君に夢中だ」

「ぜーったい違います、負けてないです、私のほうが」

唇が重なる。
すっかり慣れた、その唇。柔らかくて、少しカサついてて、でもあったかくて。……
今日は少し、汗の味がした。
離れて、鼻がついちゃいそうな距離で、私たちは見つめ合う。どちらからともなく、
笑い合って。
土の匂いがする。風が吹く。ホップの香りと、草いきれと、夏の日射し。落ちた影は
とても黒くて、濃くて。
「バカみたいだなぁ、俺たちは」
修平さんが少し眩《まぶ》しそうにそう言って、私はただ、笑って小さく頷いた。
「愛してる」
修平さんの言葉だったのか、私の言葉だったのか、もはや判然としない、その蛍光グ
リーンの甘い光の中で。
私たちはただ、笑い合う。
なんだか訳がわからなくて、ただ幸せで、笑い合う。
何もわからないけれど――一つ確かなことは、明日も明後日《あさって》も、十年後も百年後も……
きっと私たちはこんなふうに、笑い合ってるんじゃないかな、ってこと。
でも多分、それが愛なんじゃないかなぁって私はぼんやり確信している。

書き下ろし番外編

大切な人

新婚旅行から帰ってきた翌朝。

旅行前と同じベッド、布団、見慣れた部屋の光景。なのにまったく見え方が違う。

美保が俺のことを好きだというだけで。それを知ることができたというだけで――

カーテンから朝日が射し込む。まだ早朝の、夏の清廉な日射し。その透明さ清らかさはまるで美保みたいだ、と想像してから苦笑する。俺はなにか「素敵なもの」を見るたびに美保を連想してしまう。綺麗な光景や美しいもの。それらすべてが美保みたいだと感じ、美保にも見せたいと思い、美保に贈りたいと思う。

「……重症だな」

腕の中、裸ですやすやと寝息を立てる美保の額《ひたい》にキスを落とす。俺に抱かれ安心しきって眠る美保を見ていると、この上ない幸福を覚えた。幸せがここに煮詰まっている気がして――

頬に、こめかみに、髪の毛に唇に何度もキスを落とすけれど、美保はすやすやと夢の中。それはそうだ。相当疲れたと思う。

……疲れさせた、と思う。

昨夜だって「死んじゃう」と乱れる美保が可愛くて愛おしくて、どうしても情動が止まらずなかば懇願するように、美保が疲れ切って眠ってしまうまで抱き潰した。

「……美保が可愛いのが悪いな」

うん、と結論づけてぎゅっと抱きしめ直す。

——と、昨夜のことを思い出してしまったのが悪いのか、朝でただでさえ少し硬くなっていた自分自身にずくんと血液が巡ったのがわかった。軽く眉を上げる。

さすがに朝からは嫌がるだろうか。

けれど、どうにも美保へのキスが止められない。

こめかみに、頬に、頭に、唇に。

「ん……」

美保の唇から可愛らしい声が漏れる。

そっと唇を食《は》んだ。最初は唇で触れるように、それから歯で甘く噛んで。

美保は微《かす》かにみじろぎする程度で、本当に深く眠っているようだった。ふっと頬が緩み、イタズラ心が湧いてくる。

どのタイミングで起きるだろうか。

身体を起こし、美保をその下に組み敷く。

耳朶《じだ》を甘く噛み、軟骨の溝に舌を這《は》わせる。手で美保の柔らかな乳房を軽く包んだ。

ふっ、と美保から甘えるように息が漏れる。起こさないよう、ゆっくりゆっくりと指に力を込めては抜く。

「美保、起きなかったらこのまま抱いてしまうぞ？」

耳元で囁《ささや》く。美保が「ん……？」とまだ眠っている子供のような声でほんの僅《わず》か、目を薄く開いた。それから微笑み、舌足らずに俺に告げる。

「しゅーへー、さん……好き……」

ぐっと息を呑んだ。反射的に言葉が出る。

「愛してる、美保」

「ん……」

しかし美保はそのままた、規則的な寝息を立て始める。

「……シていいってことだよな？」

ぐにぐにと少し強く乳房を揉みしだく。はぁ、と美保が熱い息を吐いた。

淫《みだ》らな覚醒と眠気が闘っているらしい。

やがて手のひらに硬くしこった先端の感触がした。そっと手を外し、それを口内に含み、舐めしゃぶる。

わざと音を立ててみるけれど、美保の瞳は瞼《まぶた》に隠されたままだ。

しかし、微《かす》かに太ももが動く。

その太ももに手を這《は》わせ、付け根に指で触れる。

くちゅ、と明らかに潤《うる》んだ音に妙な満足感を覚えた。そのまま温かな泥濘《でいねい》に指を進める。ナカで肉襞《にくひだ》がビクビク震え、きゅっと締まる。ゆっくりと動かすと、そのたびに健気《けなげ》に吸い付いてきた。

はあ、と息を吐く。なんて愛おしいんだろう。

そっと膝裏を押し、脚を開かせた。抵抗なく開かれる脚と脚の間——濡れそぼり、熱く蕩《とろ》けている彼女の入り口に俺の指が入っている。

屹立《きつりつ》に露が溢れる。

早く彼女のナカに入りたいと、思うさま貪《むさぼ》りたいと。

美保が感じる場所、ちょうど恥骨のあたり——をぐっと押す。少し感触の違うそこを彼女の好きな優しい強さで刺激しつつ、ぷくりと存在を主張しだした肉芽を親指でぐっと押した。

「あ」

小さく美保が喘《あえ》ぎ、腰が跳ねる。ぐっと押さえつけ、彼女が感じるソコを弄《いじ》り続ける。

「っ、ぅ、あ」

美保のつま先が跳ねた。どろりと蕩《とろ》けた温《ぬる》い水がこぼれる——肉襞《にくひだ》がぎゅうっと俺を痛いほどに締め付けた。

ひくひく痙攣《けいれん》するそこから指を抜く。がくんと力を抜いた美保がふたたびうっすら目を開いた。「?」マークが瞳に浮かんでいる。

「修平さん……?」

「おはよう、美保」

挨拶をしながら、蕩《とろ》け切った入り口に自身の先端を埋《うず》める。それだけで美保は白い喉を見せて高い声を上げた。

「待っ、修平さ、ぇ、なん、で」

「どうしてだと思う?」

ぐっと屹立《きつりつ》を最奥まで突き立てた。

「あ、——ッ!」

きゅんきゅんと美保の粘膜が強く締め付けてくる。イったのだと言われずともわかる——混乱しつつ、快楽に蕩《とろ》けている美保の表情を見ているだけで自分もイってしまいそうだった。ぐっと一番奥の感触が変わる——美保の身体が俺を欲しがり孕《はら》もうと、本能のまま淫《みだ》らに蠢《うごめ》く。

最高に、気持ちがいい。

「美保、美保——愛してる」

そう告げながら一気に抽送《ちゅうそう》を速めた。子宮口をこじ開けんばかりに奥までねじ込み、ゆっくり入り口まで戻る。抜けそうなほど引いて、そのまま最奥に欲望のまま突き立てる。

「あ、あんっ、ッ、あ、修平さ、あっ」

寝起きで混乱している美保は、肉襞《にくひだ》を震わせただ貪《むさぼ》られるがまま。

「待っ、お願、イくっ、イって——るのっ、死んじゃう……っ！」

絶頂し痙攣《けいれん》しているナカに容赦《ようしゃ》なく抽送《ちゅうそう》を与えていると、半泣きで美保が俺にしがみつく。こっそりと笑った。「待て」という割に脚が俺に絡みつき、更なる快楽を求めて腰をくねらせているのだから。

「そうだな。苦しいな、すまない」

抽送《ちゅうそう》を止めずに頭を撫で、そう告げる。美保は「んっ」と一際高く甘い声を上げた。薄い腹が痙攣《けいれん》しているのがわかる。

頭を掻き抱き、額《ひたい》にキスをしながら腰の動きを速める。美保が荒い息を繰り返す。

「も、ぅっ、だめ……っ」

俺もまた、限界だった。

「美保」

彼女の名前を呼びながら、一番奥で白濁した欲を吐き出す——ぐりぐりと塗り込むように腰を動かした。美保のナカはぎゅっと収縮を繰り返しつつ、ひどく痙攣《けいれん》している。全部吐き出して、ゆっくりと彼女から出て行く。とろり、と白濁がこぼれた。

ぐっと喉仏《のどぼとけ》のあたりで息を呑んでしまう。なんて──「エロい」。

すっかり目が覚めた様子の美保が俺を見て目をぎょっと大きくする。

「しゅ、修平さん。いま、その、出したっていうか、終わりました、よね？」

「……悪い、だが美保がエロいせいだ」

「え、えろっ……!?」

目を瞠《みは》る美保の頬にキスをひとつ──

「もう少し、付き合ってくれるか？」

眉を下げた美保が、それでも満更でもない顔で唇を尖《とが》らせた。愛おしくてキスを落とす。

そっと身体を反転させ、うつ伏せになった美保のナカにふたたび屹立《きつりつ》を進めた。溶けそうなほど気持ちがいい。思わず深く息を吐き出した。美保の手がシーツを強く握る。力が入りすぎて、細い骨が甲に浮き出た。

「毎朝こんなふうだったらいいのにな」

ついそう口にすると、美保がぴくんと肩を揺らし、少し情けない声で言う。

「……死んじゃいます……」

その答えに俺も肩を揺らし、そのまま律動を開始する。美保が甘く喘《あえ》ぐ。

……毎朝抱くかはともかく、少なくとも毎朝美保と目覚めたいのは本当だ。目が覚めて、腕の中に最愛の人がいる。そんな幸せが毎日続けばいい。

……そう思っていたけれど。

目を覚ます。

ベッドの横には、愛おしい体温がない。こうなってからどれくらい経つだろう——と寝起きのぼんやりとした頭で考える。

一人寝にも慣れてきている自分がいた。

美保は今頃何をしているだろう？　起きているだろうか。食事は摂れているんだろうか。

……残念ながら、というかなんというか、俺はもう美保を独り占めできる立場じゃない。

……なくなって、しまった。

とはいえ、ぼんやりとばかりはしていられない。

「……チャイルドシートも設置してあるし、洗濯も終わっている」

確認するように呟きながら身体を起こした。視界に入るのは、真新しいベビーベッドと可愛らしいぬいぐるみのついたメリー。

もう一度掃除機もかけておこう、とベッドから下りる。ソワソワと落ち着かない。買ったばかりの空気清浄機のスイッチも入れる。

部屋にある、新しい家族のためのさまざまなものにいちいち心が躍る。今頃美保——ママを、独り占めしている愛娘《まなむすめ》に思いを馳せた。どうか俺に似ませんように、美保にそっくりでありますようにと祈った甲斐《かい》があって、一ヶ月前に産まれてきたのは美保にうりふたつの可愛らしい女の子だった。

一ヶ月前——暑いほどだった五月の晴天と晴天の合間に降った、細い、柔らかな雨。

生まれたての彼女を抱き、産院の窓から見た新緑を、その雨が濡らす。

なんて美しいんだろう、なんて愛おしいんだろう。泣きそうなくらいに、すべてが美しく愛おしく思えた。

腕の中の、確かなぬくもり。重み。

『名前——』

ベッドで横になっている美保が微笑んだ。

『私が決めても、いいですか?』

『もちろん。ただ——』

俺はそっと赤ん坊の頬を撫でた。

『多分、同じ名前を考えてる』

それが、愛おしい娘の名前。

――美雨《みう》。

出産にも立ち会ったし、入院中も何度も会いに行った。退院してからほとんど毎日美保の実家に通い詰め、沐浴《もくよく》とミルクには自信がある。オムツにも慣れてきた。

それでも、一緒に暮らすのとは全然違うのだろうと思う。

大変さも、苦労も、……そして、喜びも。

朝食もそこそこにマンションを出る。今から美保と美雨の、一ヶ月検診なのだった。

俺の車で病院へ向かい、そうしてそのまま、こちらのマンションに帰ってくる予定で――

今日からは、三人で暮らす。

そう思うと、なんだか歌い出しそうな気分になり、というか実際に鼻歌を歌ってしまう。

一ヶ月間練習した子守唄。

どうか気に入ってくれますように――

ああ、それにしたって。

「独り占めできないのも、そう悪くはない、かもな」

それでも時々は独り占めさせてもらいたいものだな、とこっそり思いつつアクセルを踏む。

大切な家族を、迎えに行かなくては。

本書は、2020 年 11 月当社より単行本として刊行されたものに、書き下ろしを加えて文庫化したものです。


この作品に対する皆様のご意見・ご感想をお待ちしております。

おハガキ・お手紙は以下の宛先にお送りください。

【宛先】

〒 150-6008 東京都渋谷区恵比寿 4-20-3 恵比寿ｶﾞｰﾃﾞﾝﾌﾟﾚｲｽﾀﾜｰ 8F
（株）アルファポリス　書籍感想係

メールフォームでのご意見・ご感想は右のＱＲコードから、
あるいは以下のワードで検索をかけてください。

アルファポリス　書籍の感想　検索

ご感想はこちらから

エタニティ文庫

お見《み》合《あ》い相手《あいて》は無愛想《ぶあいそう》な警察官僚《けいさつかんりょう》でした～誤解《ごかい》まみれの溺愛婚《できあいこん》～

にしのムラサキ

2022年12月15日初版発行

文庫編集－熊澤菜々子
編集長 －倉持真理
発行者 －梶本雄介
発行所 －株式会社アルファポリス
〒150-6008 東京都渋谷区恵比寿4-20-3 恵比寿ｶﾞｰﾃﾞﾝﾌﾟﾚｲｽﾀﾜｰ8F
TEL 03-6277-1601（営業）　03-6277-1602（編集）
URL https://www.alphapolis.co.jp/
発売元－株式会社星雲社（共同出版社・流通責任出版社）
〒112-0005 東京都文京区水道1-3-30
TEL 03-3868-3275
装丁イラスト－炎かりよ
装丁デザイン－ansyyqdesign
印刷－株式会社暁印刷

価格はカバーに表示されてあります。

落丁乱丁の場合はアルファポリスまでご連絡ください。

送料は小社負担でお取り替えします。


ISBN978-4-434-30981-6 C0193